それでも旅に出るカフェ

近藤史恵

Fumie Kondo

双葉社

Menu

それでも旅に出るカフェ

装幀　鈴木久美
カバー写真　川しまゆうこ
料理製作　林周作（郷土菓子研究社）

再会のシュークリーム

それは、新型コロナウイルスのパンデミックがはじまって、二年目の秋のことだった。

一年目は不安と恐怖に翻弄され、生活のなにもかも変わってしまうこと、死の不安が間近にあることに怯えた。二年目は一年目に比べると、ワクチンができたこともあり、ひりひりするような不安を感じることは減った。

代わりにやってきたのは、いつまでこの生活が続くのだろうかという、じれったさと、諦めの境地だった。

今のところ感染拡大は収まっているが、たぶん、また新しい変異株だとかが出てきて、感染者が増えることになるのだろう。そう簡単にすべてが元通りになるとも思えない。

それでも、みんなもういい加減に疲れてしまったのだろうし、うんざりもしたのだろう。少しずつ、感染に気をつけながら、生活を取り戻そうとしているように感じる。

今月に入ってから、やけに友達から、食事やお茶の誘いがくるようになった。

仕事関係の打ち合わせなどもよく入ってくる。無理もない。ほぼ、二年近く、人と会って話すことは推奨されていなかった。ようやく、会って話しても問題ないような空気が戻ってきたのだ。

旅に出たい人は旅に出るし、人と会いたい人は人と会うだろう。ただ、完全にすべてが終わったわけではない。ヨーロッパでは、もう何度目かわからない感染拡大が起こり、一度緩めた規制を再び強める方向になっていると言うし、またいつ感染者が増え、前のように人と会えなくなるかわからない。だからこそ、今のうちに、と、考えている人もいるのだろう。

奈良瑛子《ならえいこ》はというと、楽しみが減ったり、仕事がテレワークになったりと、環境の変化はあったが、それでも自分がこのコロナ禍では、比較的安定していて、守られている立場であることを痛感していた。

勤めている会社の業績は下がったが、それでもなんとかやり過ごし、ここから巻き返しをはかろうとしているような状況で、すぐに大きなリストラがあるような様子はない。一人暮らしだから、自分さえ気をつけて感染対策を取っていれば、家族から感染することもない。子供や老人など、うつしたくない人と生活しているわけでもないから、少しは気が楽だ。なにより性格的にも、ひとりで過ごすのが苦にならない方だ。

もちろん、まったく不安がないわけではない。感染者が多いときには、コンビニに行くのも怖かったし、一人暮らしであるがゆえの気楽さは、もし感染したとき、誰にも看病してもらえないということと、背中合わせだ。

だが、看護師をやっている友達が、毎日へとへとになるまで働いたり、家を出てウィークリーマンションのようなところで、不自由な一人暮らしをしていることを聞いたり、飲食店や旅行関係で働いている人たちが、直接大きなダメージを受け、仕事を続けられるか、下手をしたら借金を負うことになるかもしれないという苦悩を、ＳＮＳなどで発信してたりするのを見ると、胸が痛む。

瑛子の不安など、たいしたことではない。

ともかく、完全に収束したわけではないが、今は良い兆しが見えていて、そのことに安心している。ひさしぶりに、深い水の中から出て、息をついたような気持ちだ。

ただ、ひとつ気になっていることがある。

カフェ・ルーズが閉まったままなのだ。


カフェ・ルーズは、瑛子の自宅マンションの近くにあるカフェだ。

オーナーの葛井《くずい》円《まどか》が、たったひとりでやっている。彼女とは、昔、少しの間だけ一緒に仕事をしていたこともあり、自然に足繁く通うようになっていた。

もちろん、居心地が良く、飲み物やスイーツがおいしいという理由もあった。

カフェ・ルーズのいちばんの特徴は、円があちこちを旅して知ったいろんな国のスイーツや飲み物を再現して出しているところだ。作るのが難しいドリンクなどは個人で輸入したりもしていたらしい。

新型コロナの感染者が世界で少しずつ増え始めた頃、カフェ・ルーズを訪れると、円は険しい顔をしていた。

「アルムドゥドラーが届かないんです。オーストリアからは発送されているのに、どこかでコンテナが止まってしまっていて……」

アルムドゥドラーという不思議な名前の飲み物は、オーストリアの炭酸ドリンクだ。甘すぎず、爽やかなハーブの香りがして、瑛子のお気に入りだった。

船や飛行機も感染症の影響を受けているのだろう。ちょうどその頃、日本でも感染者の出た豪華客船が帰港したことなどもあり、社会全体がぴりぴりしはじめていた。

その後、突如としてイベントなどが中止になり、学校も休校になった。

円もしばらくカフェの営業をやめ、テイクアウトのみでやっていくと話していた。

「正直言うと、きついです。うち、けっこう、夜の時間帯の売り上げが大きかったから……」

夜になると、カフェ・ルーズは落ち着いたバーになる。食べ物のメニューはカレーやパスタ、パニーニくらいだが、珍しいお酒などもあり、お酒は飲みたいが騒がしいのが嫌いな客が、よく訪れていた。

瑛子も、仕事帰りに立ち寄って、一杯だけ飲んだり、食事をしたり、円おすすめの珍しいスイーツを食べたりしていた。ともかく、遅くまでやっていることが便利なカフェだったのだ。

瑛子が心配そうな顔をしていたのだろう。円はリスを思わせるような前歯を見せて笑った。

「大丈夫です。うちみたいな店は意外にしぶといですよ」

カフェの土地は、彼女が祖母から受け継いだもので、そこに建物を建てたから、家賃を払う必要もなく、働いているのも彼女ひとりだ。

たしかに、こういう事態が起きたときは、息をひそめてやりすごしやすい営業形態かもしれない。

だが、彼女だって霞を食べて生きているわけではない。いつまでも、というわけにはいかない。

しばらくは、カレーや、お気に入りのスイーツをテイクアウトしていた瑛子だったが、仕事はテレワークになり、買い物もネットスーパーなどを利用するようになってしまうと、そもそも外に出ることがなくなる。

ひどく暑い夏がきて、散歩すらしなくなり、その後感染者が急に増えて、医療逼迫などがマスメディアで騒がれるようになると、なんだか怖くなって家に籠もるようになってしまった。

健康によくないことはわかっていたが、不用意に出かけて感染したくはない。暑いせいか、マスクを外して、騒いでいる若者たちをよく見かけたり、中高年でもマスクをせずに話しかけてくる人がいた。

たぶん、その頃になると、瑛子も気持ちが参ってしまっていたのだと思う。

直接の知人で感染した人も何人かいたし、日々、増えていく感染者と死者のニュースで頭がいっぱいだった。自分は比較的安全で守られているから、愚痴など言ってはいけないという気持ちもあった。

自然と、カフェ・ルーズからも足が遠のいていた。

ようやく、好きなロシア風チーズケーキでもテイクアウトしようと思い、カフェ・ルーズに向かうと、そこには一枚の張り紙があった。

「しばらく休業致します」

その後も、何度も前を通った。ブラインドの下りた店の中を覗こうとしたこともある。

だが、いつになっても張り紙はそのままで、ブラインドは下ろされ、明かりもついていない。

円はどこにいってしまったのだろう。

もちろん、しばらく休業するのは不思議なことではない。だが、心配なのは、彼女が感染して重い症状に悩まされていたり、もしくは他の理由でも体調を崩していたりはしないかということなのだ。

親しく話す関係になっていても、彼女個人の電話番号などは知らない。店に行けばいつでも会えるのだと思っていた。

今思えば、瑛子が不安に苛まれて家に籠もっていたとき、円も瑛子以上に不安で、難しい状況にいたはずなのだ。それなのに、瑛子は円のことを少しも考えなかった。感染が落ち着いてから、またカフェ・ルーズに行けば、変わりなく円が笑っているのだと勝手に信じ込んでいた。

そのことに、どうしようもなく胸が痛むのだ。


少しずつ、出社する頻度は増えている。だが、瑛子の会社は、どうしても出社しなければならないとき以外は、テレワークを推進する方向で行くらしい。社長が自然の多い長野に引っ越して、田舎暮らしを満喫しているという話だった。

ミーティングは時間を合わせてオンラインで行えばいい。取引先に直接行く機会はあるが、直行直帰すればいい。そうなると、オフィスには週に二度行けば充分だ。三度も行けば、「今週は出社が多いな」という気持ちになっていて、五日も出勤していた日々のことが、遥か遠い昔のようだ。

いいことばかりではない。光熱費がかかるようになっても、会社はそれを負担してくれるわけではない。今年の夏の冷房代には、目が飛び出そうになってしまった。家でだと、だらだら仕事をしてしまい、プライベートの時間が減ったような気はするし、残業代も出ない。

だが、それにしたって、満員電車での通勤がないと、身体は圧倒的に楽である。もちろん、それも瑛子が一人暮らしだからだ。

同僚の久保田亜沙実は、テレワークが推奨されるようになっても、ほぼ毎日出勤している。

「夫もテレワークになってしまって、家にいるし、子供だって、ひとりでできることでも、わたしが家にいるとわたしにやってもらえると思って仕事にならない。通勤時間を考えても圧倒的に会社の方が捗る。前ほど電車も混んでないしね」

彼女の子供はふたりとも小学生だ。彼女も最初の全国一斉休校のときは、ずっとテレワークを続けていた。その時期、オンラインでミーティングをしても、あきらかに疲れた顔をしていた。

今はその頃よりは、ずっと元気そうだ。

「不思議だよね。わたしが家にいないと、夫も子供の面倒をみるし、子供だってやれることは自分でやる。なのに、わたしがいると、みんなわたしのところに回ってきてしまう。まあ甘えてるんだろうけどさ」

「頼れる優しいお母さんだからですよ」

瑛子がそう言うと、亜沙実はふっと鼻で笑った。

「まあね。それと都合のいいお母さんは同じ意味だよね」

彼女の夫は、家で働きながら、ちょくちょく家事をやり、亜沙実は、出勤して仕事に集中し、定時に帰ってその後は自分の分担の家事を高速で片付ける。それがいちばん上手く回るらしい。

その日、瑛子はひさしぶりに出社した。同じく、ずっとテレワークをしている後輩の塩崎恵里香とも珍しく出勤日が合い、数週間ぶりに直接顔を合わせた。

「奈良さん、リアルではおひさしぶり！　お元気でしたか？」

その言い回しに笑ってしまう。たしかにオンラインでは、昨日ミーティングをしたところだ。

「奈良さん、今日はお弁当ですか？」

「ううん、コンビニでなんか買ってこようかなと思ってる」

「わたしも、今日はなにも持ってなくて、ひさしぶりに外にランチに行こうかなと思ってるんですよね。黙食だったら、大丈夫だと思うから、奈良さん、一緒に行きませんか」

そういえば、人と食事をするのも何ヶ月ぶりだかわからない。今の感染状況ならば許されるだろう。

「うん、行こう」

念のため、亜沙実にも声をかけたが、彼女はお弁当を持ってきたらしい。

ランチの時間も、今は自由に決められる。前は、十二時から一時と決められていたのが、今となっては馬鹿馬鹿しい。瑛子と恵里香は、一時を過ぎてから、席を立って、オフィスを出た。

ひさしぶりに、会社のまわりを歩いてみると、すっかり風景が変わってしまっていることに気づく。よく昼食を取っていたうどん屋も、喫茶店も閉店してしまっていた。

無理もない。テレワークが推奨されれば、当然、オフィス街で昼食を食べたり、帰りに一杯飲んだりする人は減る。身体が楽だと、テレワークを歓迎していた瑛子も、飲食業界の厳しさを思うと、胸が痛む。

もちろん、感染を防ぐためには、前のような生活はできない。でも、誰が悪いわけでもないのだから、もう少しなんとかできなかったのだろうか。そう思い続けてしまう。

ようやく、営業しているパスタの店を見つけて、中に入る。カルボナーラを注文して、その後、少し後悔した。

円の作るカルボナーラが好きだった。どこで食べても円のものと比べてしまうから、よっぽどおいしいお店でなければ、不満を感じてしまう。

運ばれてきたのは、生クリームを使っていない、パルミジャーノの味が強く感じられるカルボナーラだった。

「よかった。ここのカルボナーラおいしい」

食べ終えてから、そう言う。

「おいしくないカルボナーラもあるんですか？」

恵里香にそう聞かれて、瑛子は少し笑った。瑛子も前は、どこで食べてもおいしいものだと思っていた。

「好きな店のカルボナーラがあって、いつもそこのと比べてしまうから……つい、ね」

「へえ、食べてみたいです。そこのカルボナーラ」

恵里香の返事に、胸が痛んだ。

「それが……ずっと休業したままなんだよね」

「ああ、仕方ないですよね」

恵里香はなにげなく言った。仕方ないということばに胸がちりちりとした。彼女を責めるつもりはないし、瑛子だって同じようなことを何度も口に出した。

だが、それで生活している人たちにとっては、仕方ないなんて片付けられてはたまったものではないだろう。

自分たちが少しずつ、鈍感になってきている気がした。


仕事の帰り、ドラッグストアに寄りたくて、駅の反対方面に出た。

前に、ヴォワヤージュというカフェがあった通りを、歩く。ヴォワヤージュはあれからすぐにフィンランド風のコーヒーショップに装いを変えて、営業していたが、去年、店を閉めた。それからずっと、テナント募集の紙が貼ってあるところをみると、あのオーナーも撤退したのだろう。

いくつもカフェを経営していても苦しいのか、それとも余裕があるからさっさと撤退して、営業形態を変えられるのかはわからない。

ただ、どこも無傷ではいられない。

買い物を済ませて、帰宅しようとしたとき、ふと一軒のケーキ屋が目に入った。店名はトルタ。少しレトロで可愛い雰囲気だ。

テーブルはふたつあるが、テイクアウトが中心なのだろう。近くだが、これまで買ったことがなかった。

駅のこちら側にくるときは、たいてい買い物が目的なので、荷物が多くなる。なかなかケーキを買っていこうという気になれない。

今も、エコバッグは買ったもので重いが、少しでも営業している店を応援したい気持ちになっている。

瑛子はドアを押して、店の中に入った。

「いらっしゃいませ」

店の奥に工房があり、ケーキを作っている女性が見える。パティシエールがひとり、販売がひとりという少人数でやっているようだ。

瑛子はケースの中を覗いた。モンブラン、ショートケーキ、レモンタルト、プリンにシュークリーム、スフレチーズケーキ。

奇をてらったところのない、街のケーキ屋さんだ。コロナ禍になってからは、ケーキを食べる回数も減っているし、その前はデパ地下や話題の店で買うことが多かったから、かえって新鮮に感じる。

他にお客さんもいないので、念入りにケースを見る。よく見れば、シュークリームが二種類ある。ひとつは定番のカスタードクリーム。もうひとつはチーズクリームと書かれていた。チーズ味のシュークリームなんて珍しいから食べてみたい。

瑛子の視線に気づいたのだろう。三十代ほどの店員の女性が言う。

「それは、先月からの新製品です。評判いいんですよ」

じゃあ決まりだ。プリンは賞味期限が明日までだと言うから、チーズクリームのシュークリームと、プリンをひとつずつ買う。

箱に入れてもらっていると、ドアが開いて、家族連れが入ってきた。続いて、年配の夫婦。繁盛している様子を見ると、ほっとする。味も期待できそうだ。

箱を渡すとき、店員の女性はマスク越しでもわかる笑顔で言った。

「またいらしてくださいね」

少しだけささくれていた気持ちが、軽くなった気がした。

家に帰って、作り置きの常備菜で夕食を済ませて、その後、デカフェの紅茶を淹れた。デザートとして、さきほど買ったシュークリームを取り出す。

テーブルの上に広げられた仕事の資料を隅に寄せ、そこに紅茶のカップと皿にのせたシュークリームを置いた。

コンビニスイーツだと、立ったままかぶりつくことだってあるが、こうやってきちんとテーブルで食べた方がおいしい。もちろん、理屈ではわかっていても、そうするのがしんどいときもあるが、今日はちゃんと自分をいたわりたかった。

シュークリームを一口かじる。

最初、甘くない、と思った。乳脂肪の豊かな味がして、その後シューの香ばしい香り、それからやっと砂糖の甘さを感じた。

チーズクリームの文字を見たときは、もっと濃厚なものを想像したが、驚くほど軽い。なにより甘さがかなり控えめなのだ。それでも物足りなくないのは、牛乳のおいしさがはっきり感じられるからだ。

クリームチーズと生クリームの中間くらいの爽やかさだろうか。癖がないので、子供だって嫌いではないだろうが、お酒にも合いそうな気がする。

これはおいしい。オーソドックスな品揃えだと思ったが、他のメニューも一工夫あるのかもしれない。

今度は違うものにも挑戦してみたい。

ふいに、円の作るお菓子のことを思い出した。彼女の作るお菓子もこうだった。甘いものも、それほど甘くないものもあるけど、どちらにも驚きと、寄り添ってくれるような優しさがあった。そのふたつは相反するものだと思っていたが、そうではないのだと知った。

円が探してくるのは、日本ではそこまで知られていなくても、その土地で長年愛されているお菓子だ。はじめて食べる驚きと、それでも長年愛されてきたレシピの持つ揺るぎなさが優しさとして感じられるのだろう。

このシュークリームはきっとまた食べたくなる。


その数日後だった。駅のホームを歩いているとぽんと肩を叩かれた。

「瑛子さん、おひさしぶり」

振り返ると、ヒョンジュがいた。葛井円のルームメイトで、カフェ・ルーズで何度か会ったことがある。

「あ、おひさしぶり。会えてよかった」

彼女は韓国からの留学生で、大学を卒業して院に進んだという話は聞いた。

色白の頬がつややかで、元気そうなことにほっとする。

いつからだろう。旧知の人と会ったとき、その人が元気そうだというだけのことに、安心するようになったのは。

しばらくぶりのメールさえ、怖くなってしまったのは。全部パンデミックのせいだ。

「瑛子さんも元気そうですね」

「うん、わたしはね。葛井さんも元気ですか？」

そう尋ねると、ヒョンジュは驚いた顔になった。

「円さんは、もうあのシェアハウスを出ました。今は別の子が入ってます」

「えっ？　引っ越し？　どこに？」

ヒョンジュは首を振った。

「家がどこかは……郵便物はお店に転送してもらってるみたいです」

だが、その店も閉まったままだ。

「いつ頃？」

「うーん……去年の終わりです」

ならば十ヶ月くらいは経っていることになる。

「あ、でも、ラウラが夏頃に電話で話したって言ってました。元気そうだったって」

それはほっとする情報だが、どこにいるのかがわからないことには変わりはない。

「わたし、メールアドレス知ってますから、瑛子さんが心配してたって伝えておきますよ」

そこまでしてもらうのも妙な気がする。

「なにかのついでがあったときで、大丈夫です。元気ならそれでいいし」

円に過剰に気を遣わせるのも悪い気がする。

電車がきたので、乗るヒョンジュと別れて、改札を出る。円はどこにいるのだろう。

なるべく、良い方に考えることにする。

旅の好きな円だから、どこか遠くに行ってしまっていても不思議はない。

北海道とか沖縄なら、隔離期間はないし、もしくは隔離期間があっても行ける国はある。

勤め人でもなく、子供がいるわけでもない。店を開けないのなら、彼女は自由だ。

旅先で、どこかでキッチンを借り、その土地に伝わるレシピを試作してみたり、もしくはよその土地のお菓子を、別の土地で売ったりしているのかもしれない。

カフェ・ルーズのコンセプトは、「旅に出られるカフェ」だと、最初に訪れたときに聞いた。お客さんが、遠い土地の飲み物やスイーツを楽しんで、旅に出た気分になれるカフェだということだが、カフェそのものが旅に出てしまうことも、できるかもしれない。

もちろん、これは、瑛子が過剰に心配してしまわないための妄想だ。

本当はそんなに楽で素敵なはずはないことくらいわかっている。

だが、心配したって瑛子にできることはなにもないのだ。カフェ・ルーズが再開したら、また足繁く通おうと思うだけだ。

帰り道、遠回りして、カフェ・ルーズの前を通ったが、明かりはついていなかった。

翌日、瑛子は会社帰りにトルタに立ち寄った。あのチーズクリームのシュークリームがまた食べたかったのだ。

店内の客は年配の女性がひとりだけだった。ケーキを包んでもらうのを待っているようだ。時間が遅かったせいだろう。ショーケースにはあまりケーキは残っていなかったが、チーズクリームのシュークリームはまだ少しだけ残っていた。

「ああ、よかった」

思わず声が出た。

「チーズのシュークリームひとつください」

そう言うと、店員が箱を女性客に渡しながら答えた。

「はい、少々お待ちください」

ケーキ箱を受け取った女性客が、瑛子を見て微笑む。

「そのシュークリーム、甘さが控えめでとてもおいしいわよね」

「ええ、そうですね」

「最近、年を取ったせいか、あまり甘いのが駄目になってしまったのよ。前、同じ通りにあったヴォワヤージュさんで買ったチョコレートケーキは甘すぎて無理だったし、やっぱり日本らしいケーキがいちばんんね。シュークリームとか」

まあ、シュークリームも完全に日本発祥ではないと思うが、たしかに日本ならではのケーキというものがあって、それがおいしいのもわかる。特に年齢を重ねてくると、新しいものよりもそういうものの方が受け入れやすくなるのかもしれない。

そういえば、円が言っていた。

「なぜか、シュークリームってフランス発祥なのに、あんまりフランスでは食べられてないんですよ。エクレアはどこでも売られているのに」

「えっ、そうなの？」

それは瑛子にとっては、意外な情報だった。

「バームクーヘンだって、日本ではみんな知ってるけど、ドイツでは地方のお菓子で知らない人も多いんですよね」

それは聞いたことがある。

「だから、生まれた場所で根付かなくても、遠くに行って根付くお菓子みたいなのもあるのかも」

人だってそうなのかもしれない、と、そのときに考えたのを覚えている。

女性客は支払いを済ませて出て行った。トルタの店内には、客は瑛子ひとりになる。

三十代ほどの女性の店員はふふっと笑った。

「実は、そのシュークリーム、昔ながらの日本のケーキとはちょっと違うんですよね」

「あ、わたし、このクリーム、はじめて食べました」

濃厚なのに、軽い。甘さも控えめだ。

「コフピームって言うんです。エストニアの国民食だという話です。コフピームと言っても知られてないし、イメージも湧かないから、チーズクリームという名前にしているんですけど」

なんだか、円が言いそうなことだ、と思った。

エストニアという、あまり聞いたことのない国の名前も、円ならよく知っていそうだ。

「エストニア……って、たしかIT大国ですよね」

「そうです。ロシアの近く、バルト三国の」

想像するだけで寒そうだ。なんとなく、こってりと甘いお菓子が作られていそうな気がするが、そこで作られているのが、こんな爽やかで甘さ控えめのクリームだということに驚きを感じる。

「チーズなんですか？」

「カッテージチーズとか、リコッタチーズとか、そういう種類のチーズです。発酵はさせずに、酢を使って固めるんです」

だから、癖がないのだ。

瑛子は思い切って聞いてみた。

「あの……駅の向こう側にある、カフェ・ルーズってご存じですか。今は閉店しているんですけど、いろんな国のお菓子を出していて……」

店員は少し驚いた顔になった。

「もちろんです。だって、このクリームは葛井さんに教えてもらったんです」


ウェブサイトを見てみるといいですよ。

そう言われて、瑛子は帰ってすぐに、カフェ・ルーズで検索をした。

あまりに近くだからこそ、インターネットで検索してみるなんて思いもつかなかった。

カフェ・ルーズのサイトはすぐに見つかった。飛び込んでくるのは「店舗はただいま休業中です」という一文。だが、その下に、「オンラインショップはこちら」と書かれている。オンラインショップをクリックすると、「世界の焼き菓子詰め合わせ」というものが売られている。四個入りから十二個入りまで。だが、全部売り切れだ。ページの上部には「販売開始は日曜日の夜十時です」とある。

今日は月曜日だから、つまりは二十四時間経たないうちに、売り切れてしまうということだ。どうやらかなりの人気らしい。

もう一度、トップページに戻り、ニュースを見ると、こんな一文が見つかった。

「キッチンカーはじめました」

まぶしいくらいのいいお天気だった。

こんな天気の日に、外に出かけるのも何ヶ月ぶりかわからない。長い間、すっかり気持ちも沈んでしまっていた。

外に出て歩くだけで、こんなに気持ちが晴れるなんて、すっかり忘れていた。

公園では、レジャーシートを敷いた家族連れや、フリスビーを楽しむ若者、犬を散歩させる人たちなどが、思い思いに休日を楽しんでいた。誰も急いでいないことが、とても心地よい。

オフィス街では、誰もが脇目も振らずに歩いている。

目指すキッチンカーは、駐車場の一画にあった。三人ほど並んでいるから、待つ間、台の上に置かれているメニューを手に取る。

コーヒー、カフェラテ、紅茶などに続くのは、ミントソーダ、ざくろソーダ、ハーブレモネードなどの、見覚えのあるメニューだ。香港式レモンティーもある。

食事の方はパニーニやベトナムサンドイッチがメインだが、三角形のパッケージに入ったフライドポテトなども売られている。歩きながら食べるのに便利そうだ。

キッチンカーでは、知らない女性が働いていた。少し、拍子抜けするが、彼女が後ろに向かって注文する声が聞こえた。

「店長、バインミーひとつ」

「はーい」

笑顔で振り返ったのは、間違いなく円だった。伸ばした髪にふわふわのパーマをかけている。

瑛子の番が回ってくる。接客してくれたのは、もうひとりの店員だった。二十代くらいの女性で、顔立ちは日本人と同じ東アジア系だが、ことばのイントネーションから、日本語が第一言語でないことはわかった。

「なにになさいますか?」

「じゃあ、ハーブレモネードとフライドポテトお願いします」

「フライドポテトはソースが選べます。トリュフ塩かケチャップかマスタードマヨネーズ、もしくはサムライソースです」

「サムライソース?」

はじめて聞く名前のソースだ。

「唐辛子の入ったピリ辛のマヨネーズです」

「へえ……おいしそう。じゃあサムライソースで」

ふいに円が振り返った。彼女の目が丸くなる。


瑛子と円は、近くのベンチで話すことにした。

「店はいいの?」

「大丈夫です。もともとひとりでも回せるようにしてあるんです。でもひとりだとトイレにも行けないから。友達に手伝ってもらっているんです」

たしかにそうだ。カフェ・ルーズならば店内にお手洗いがあるから、接客の合間に行くことができるが、キッチンカーだとそういうわけにはいかない。

揚げたてのフライドポテトには、オレンジ色のマヨネーズがかかっていた。これがサムライソースなのだろうか。フライドポテトにつけて食べてみる。

辛すぎない唐辛子の風味とマヨネーズのコクが、フライドポテトの甘さを引き立てる。

「いかがですか?」

はじめてのものを食べるとき、円はいつも緊張した顔で、瑛子を見守る。この顔で見られるのもひさしぶりのことだ。

「うん、おいしい。でも、背徳の味だね。フライドポテトにマヨネーズなんて……」

「ええ、でもオランダではすごく人気あるんですよ。このソース」

「日本ではほとんど知られてないのに……」

だが、サムライソースなんて、日本発祥みたいだ。

「オランダの人に、『日本にはサムライソースがない』と言ったらびっくりされました」

アルムドゥドラーはすっかり瑛子にとって懐かしい味になっている。意外にフライドポテトとも合う。

「今、どこに住んでいるの？」

そう尋ねると、円は驚いた顔になった。

「ヒョンジュさんと、偶然会って、シェアハウスを出たって聞いたから……」

「そうなんです。他の留学生が、このコロナ禍で住むところがなくなったって聞いたから、その人と交代することにしたんです」

じゃあ、今は？　と尋ねようとして、瑛子は円に恋人がいたことを思い出した。もしかしたら、一緒に住んでいるのかもしれない。

「今は、店に住んでます」

「え？」

思いもかけないことを言われて、フライドポテトを持った手が止まった。

「店って、カフェ・ルーズ？」

「そうです。他に店なんて持ってないですよ。あそこ、大部分は店ですけど、奥にシャワー室と、一部屋あるんです。そこに簡易ベッドを置いて寝泊まりしてます。台所は店のを使えばいいし……」

「そうだったの……」

「兄と揉めてたから、住居は別のところにしたかっただけで、揉め事が片付いたらもう店に住んでもいいかなと思って……まあ節約にもなるし」

「じゃあ、オンラインショップのお菓子も店で焼いてるの？」

「そうです。早起きして店で焼いてます」

「早起き？」

円は軽く肩をすくめた。

「実は、前、緊急事態宣言のとき、夜に焼いていたら、こっそり夜に営業していると勘違いされて、苦情の電話がかかってきたんです。それからも、なんだか店の中を覗こうとする人とかもいたり、営業しているかどうか電話で問いただされたりして、ちょっと嫌になってしまったんです」

そのことばを聞いて、はっとする。緊急事態宣言による影響は、ただ、売り上げが減り、営業できなかったというだけではない。そんなふうに、働く人の気持ちまでへし折ってしまう。

「正直、ちょっと転職しようかなと思ったこともあります。でも、オンラインでお菓子を売って、キッチンカーで販売もやってたら、少しこの仕事が好きな気持ちを思いだした気がします」

瑛子はおそるおそる尋ねた。

「もうあの店では営業しないの？」

円は、肩胛骨を広げるように、両手をぐぐっと伸ばした。

「どうしようかなと思ってたんですけど、やっぱり、あそこがわたしの原点かなあ、とも感じるんですよね。キッチンカーも好きなんですけど」

どこにでも行ける。その自由さは、円にふさわしいような気もするけど、一方で、瑛子はあのカフェ・ルーズが懐かしくて仕方ないのだ。

「もうそろそろ開けてもいいかなあ」

決めるのは円だけど、待っていることくらいは伝えたい。瑛子は言った。

「そろそろ、カフェ・ルーズのカルボナーラやカレーが食べたいなあ」

ツップフクーヘンや、パンデピス、セラドゥーラ、苺のスープ、懐かしいものはたくさんある。まだ気軽に旅には行けない。だからこそ、カフェ・ルーズを待っている人たちはたくさんいる気がする。

円は、両脚を伸ばした。そして笑う。

「カフェ・ルーズ、そろそろ再始動しますか」

リャージェンカの困難

東京では、秋と冬の境目は曖昧だ。

十二月になっても、紅葉はまだ鮮やかで、コートを脱ぎたくなるような日だって、ときどきある。最近は、テレワークの方が多く、早起きをする日も減った。夜遅くまで飲んで帰るようなこともないから、いつもの冬よりも暖かいような気持ちになってしまっている。

まあさすがに十二月も中旬になると、木枯らしに震える日も多くなる。そこかしこでクリスマスソングが流れ、スーパーに入ると、鏡餅や新年のお飾りなども目に入るようになった。

いつもと違い、忘年会も、クリスマスパーティもない年末。少し寂しいが、その分、気持ちも穏やかだ。飲み会やパーティが大好きな人ならば、もっと残念に思うのかもしれないが、瑛子はそういうタイプでもない。

感染者も今はごくわずかだし、友達と少人数で会うくらいのことはできるようになったし、買い物や映画くらいなら、不安もなくなった。完全に収束したわけではないことはわかっているし、羽目を外すようなことはしないが、少し前のピリピリとした空気が嘘のようだ。

目下、瑛子の悩みとは言えないほどの悩みは、ひとつ。プライベートで会うほどではない同僚を、どうやって食事に誘えばいいかということだ。

ひさしぶりのカフェ・ルーズは、長いこと閉まっていたとは思えないほど、明るかった。もともと光が良く入る店で、夏などはブラインドで調節していたくらいだが、休業前よりも明るくなったような気さえする。

そう言うと、葛井円はふっくらとした頰を引き上げて笑った。

「休業中、時間があったんで、壁を塗り直したんです。前は真っ白だったけど、ちょっと黄色がかった色に」

「自分で？」

そう尋ねると、円は自慢げに胸を張った。

「時間だけはいくらでもありましたから。楽しかったですよ」

テーブルを減らして空間を空けた代わりに、店内の中央に、大きな石油ストーブが置かれていた。火の暖かさは心まで温めてくれるようだし、揺らめく青い火を見ているとストレスすらほどけていく。

カフェが開くのは、木、金、土で、日曜日はキッチンカーで公園に出かけるらしい。お菓子のオンライン販売の方も順調らしく、残りの日はオンライン販売用のお菓子を作るということだった。

「忙しいね」

「そうですね。でも、カフェにどれだけお客さんが戻ってきてくれるか、まだわからないですし。根っこはいろんなところに張っておきたいんです」

カフェ営業、キッチンカー、オンライン販売、その、どれもが円が強く立つための根っこなのだ。そう思うと、小柄な彼女の肩が急に頼もしく感じられる。

「それに、これまで、あまりにも自由にやってきましたしね。しばらくはお店のことに専念します」

ひと月に二十日だけ営業するカフェ。そう聞くと、自由奔放な気がするが、よく考えれば、週休二日に祝日や、年末年始などのまとまった休みなどをプラスすると、普通の人が働いているのもそのくらいだろうと思う。

だが、今は、旅に出るのは難しい。

帰国してからの隔離期間などもあるから、カフェの営業をしながら、十日の休みでどこか外国に行ってくるということは不可能だ。

そういう意味では、円の生活は、すっかり変わってしまった。

「旅に出たい？」

そう尋ねると、彼女は即座に頷いた。

「もちろんです。最初のうちは日本から自由に出られないと思うと、息苦しくて仕方なかった」

あまり旅をしない瑛子には、その気持ちは少し遠い。だが、カフェ・ルーズのお菓子はいつも遠い場所につながっていて、それが魅力だった。その扉を閉ざされたのだと考えると、彼女の感じている息苦しさも理解できるような気がする。

「旅をすることはわたしにとって、ようやく手に入れた自由だったんですけど、でも、最近、思ったんです。旅に行けなくても、わたしは自由なんだって。だから今はそうでもないです。もちろん、いつか、また旅に行ける日がきたらうれしいけど、今すぐじゃなくても大丈夫です」

そう言い切ってから、円は付け加えた。

「今はキッチンカーもありますし、あれでいろんなところにも行けます」

行ける場所は限られているけれど、それでも完全にどこにも行けないわけではないのだ。

「今度、また店の営業をやめろと言われたら、今度はあのキッチンカーで、北海道でも行こうかな」

含み笑いをしながら、円はそんなことを言った。

「これから冬本番なのに」

瑛子がそう言うと、円は自信満々というような口調でこう答えた。

「前に、哈爾浜《ハルビン》という中国の町に行ったとき、揃えた防寒具があります。マイナス30度になる土地だから、極寒対応です」

マイナス30度なんて、瑛子には想像もできないが、円は、その寒さを知っているのだ。


その日、三日ぶりに会社に出た。

珍しく早起きできたので、八時四十分発の電車に乗ると、車内はほぼ満員だった。通勤ラッシュのピーク時間からずらしたつもりだったのだが、もう少し遅く家を出るべきだった。

至近距離に他人の顔があって、身体が自然に緊張する。これでも、コロナ禍の前と比べたら、人は確実に減っている。以前はもっとぎゅうぎゅうの電車に毎日乗っていた。だが、テレワークで切り替わってしまった身体の感覚は、簡単には元に戻らない。

電車から吐き出されるように降りて、へとへとになりながら、会社に向かう。

途中で忘れないようにコーヒーを買う。コロナ禍の影響で、社内のコーヒーメーカーが撤去されてしまった。ビルの中には自動販売機があるが、缶コーヒーはあまり好きではない。

コーヒーメーカーの撤去は悪いことだけではない。お茶くみ当番などがあったのは、瑛子が入社する前の話だが、それでもどうしても、コーヒーを準備するのは気が利く人間だけになってしまう。そこに権力勾配が存在しないとは、とても言えない。

会社に到着すると、塩崎恵里菜の席を見る。最近の習慣だ。

机の上はきれいに整理されていて、鞄も置いていない。どうやら、今日もテレワークらしい。残念なような、ほっとするような気持ちが入り交じっている。

この前、一緒に昼食を取ったとき、恵里菜にカフェ・ルーズの話をした。

そこのカルボナーラが好きだったという話をしたのだが、恵里菜はなぜか妙に興味を示した。

「食べてみたいです。そこのカルボナーラ」

そのときは、ただの会話の流れだと思ったのだが、その後、彼女の方からその話を持ち出してきた。

「おいしいカルボナーラのあるカフェ、まだ閉まっているんですか？」

そのときは、まだカフェ・ルーズが開店していなかったから、こう答えた。

「うん、でも、キッチンカーで営業はしていたし、カフェの方もそのうち、再開するって」

「じゃあ、再開したら、連れて行ってくださいよ。そのカフェ」

だから、恵里菜に声をかけようと思っているのだが、その後、その機会がないのだ。

出社のタイミングが合わないらしく、あれからほとんど会社で一緒にならない。オンラインの会議では週に一回話をしているが、他の人もいるのに、個人的な話はできない。

かといって、そのことだけで個人的にメールを送るのも、なんだか大層な感じがする。

断じて、恵里菜のことが嫌いなわけではない。だが、彼女とはひとまわり以上年齢が離れているし、仕事以外での交流がないから、彼女がどんなつもりで「連れて行ってください」と言ったのかもつかみにくいのだ。

単なる会話のひとつで、そこまで積極的に行きたいわけでもないかもしれないし、もう忘れているのかもしれない。

その場合、メールなどで年上の先輩である瑛子から誘われると、断りにくいだろうという心配もある。反対に、本当に行きたいと思っている場合、声をかけないとまるで瑛子が嫌っているみたいだ。

どうするべきなのかが、まだわからず、毎日恵里菜が出社していないことを知るたび、ちょっとほっとしたり、残念に思ったりしている。

(これって、コミュニケーションがヘタクソってこと?)

社交性があるわけではないが、そこそこ社会生活を送れる程度にはなんとかできていると思っていた。今はそれすら危うい。

だが、考え直すと、毎日会っていれば、誘うことはもっと簡単なはずだ。コーヒーを飲みながら、「あのカフェ、行ってみる?」と声をかければいいだけだし、もし恵里菜がそれほど行きたいわけではなければ「そうですね。またそのうち……」みたいな感じで、そつなく、会話を終えることだってできる。

やはり、物理的な距離は、人と人とを遠ざけてしまう。

そんなことを考えていたせいか、昼休み、廊下でステンレスの水筒からなにかを飲んでいる恵里菜を見かけたとき、思わず、大きな声を出してしまった。

「あ、塩崎ちゃん、よかった！」

彼女はきょとんとした顔になって、耳にかけていたマスクをつけ直した。

「あ、ごめんね。休憩中なのに」

「いえ、わたしさっききたばかりなんです。やる気が出ないから、ちょっとチャージ中」

いつも元気な彼女らしくない。

思い切って、切り出してみた。

「あのね。この前話したカルボナーラのおいしいカフェが営業再開したんだけど……」

行ってみる？　ということばを避けたのは、恵里菜の反応待ちのつもりだったが、食い気味の返事がきた。

「わあ、行ってみたい。奈良さん、お忙しいですか？」

「けっこう暇。今年は忘年会もないし」

今日は金曜日だからカフェ・ルーズの営業日だ。恵里菜も夕方から空いていると言うから、仕事が終わった後、一緒に行くことにする。

「よかった。誘ってもらえて元気出ました」

恵里菜はいつもこうやってはっきり口に出す。誘った方としてはうれしいし、見習いたいと思うけど、ときどき思うのだ。彼女は無理をしていないだろうか。

　こちらがうれしくなる、気が楽になることを言ってもらえていると感じるときは、たぶん、相手の方がこちらに気を配ってくれているのだ。若い頃は、そのことになかなか気づけなかったし、たぶん、気づかない人は一生気づかないままだろう。

　感情労働ということばを聞いたとき、はっとしたのは、覚えている。

　もちろん、女性の方が感情労働を要求されやすいという側面は絶対にあるが、一方で女性の中でも、グラデーションは存在している。

　瑛子のように、あまり愛想がよくなくてもそういうものだと思われがちなタイプもいるし、一方で、気配りのできる人間は、より気配りを要求される。

　それを簡単に「そういう性格」で切り分けたくはないのだ。性格の話にしてしまうのなら、「女性は気配りができる」などと言い切る人と同じではないだろうか。

　だから、瑛子も思っていることを口にする。

「わたしも塩崎ちゃん誘えてよかった。なんだかなかなか会えないし……」

　彼女は少し驚いた顔をして、それからにっこり笑った。


　恵里菜は目を見開いて、ショーケースを見つめていた。

「うわあ、はじめて見るお菓子ばかり……」

　パンデピス、セラドゥーラ、セムラ。あまり他の店では見かけないお菓子が並んでいる。新製品のスコーンもおいしそうだ。

「ロシア風ツップフクーヘンも、冷蔵庫で冷やしていますよ」

円が笑顔でそう言う。まだ再開して間もないせいか、店内には瑛子たちしかいない。

チョコレートが混じったチーズケーキで、瑛子の大好物だ。

恵里菜は、ちょっと戸惑ったようにまばたきをした。

「ロシアのお菓子なんかもあるんですか？」

「いえ、ロシア風という名前がついてるけど、ドイツ、特にベルリン周辺でよく食べられているケーキなんです」

「そんなことがあるんですか？」

驚く恵里菜に、瑛子は言った。

「ほら、日本でもナポリタンとか、ミラノ風ドリアとかあるじゃない」

ドリアは日本発祥の料理だから、ミラノにはミラノ風ドリアは存在しない。

「外国の名前がついているとおいしそうに感じるのかな」

恵里菜は独り言のような口調でそう言った。円は首を傾げた。

「うーん……わたしもそう思っていたんですけど、そもそもロシアは乳製品を使ったお菓子が多いんですよね。だから、チーズケーキそのものが、ロシアの影響を受けているのかもしれない」

そういえば、この前食べたコフピームもエストニアのお菓子だと聞いた。ロシアの隣だし、ソビエト連邦に併合されていた国だから、影響は大きいだろう。

「ロシアは広いから、どこかにチョコレートの入ったツップフクーヘンが存在しているのかもしれないです。いつか……」

その続きのことばを円は呑み込んだが、瑛子にはわかった。「いつか行きたい」と言おうとしたのだろう。

恵里菜はしばらくなにか考え込んでいたが、メニューを手に取った。

「お腹空いちゃった。先にごはん食べてから、お菓子にしようかな」

ふいに少し不思議に思った。彼女はずっと倹約家で、外食せずにお弁当を持ってきていた。なのに、この前も瑛子をランチに誘ったし、今日もそんなことを気にしていないように見える。

倹約の理由が、コンサートや旅行に行くためだったのならわかる。その機会が減ったのだから、無理して貯める必要はなくなったのかもしれない。

「奈良さんおすすめのカルボナーラを食べようと思ってたんですけど、バインミーもおいしそう。えー、フレンチフライにサムライソースってなんですか？」

それはキッチンカーでも人気の新メニューだ。

円がショーケースの上に置いた黒板を指さした。今日の日替わりメニューが書いてある。

「今日はボルシチがありますよ。ウクライナ風の本当のビーツを使ったもので、ちゃんとサワークリームも添えてあります」

それを聞いて、瑛子は迷わずにボルシチを選ぶ。寒い日にぴったりだ。恵里菜はしばらく悩んでいたが、彼女もボルシチにした。

「カルボナーラは、定番メニューなんですよね。じゃあ、またきたら食べられますよね」

それに、ケーキを後で食べるのなら、がっつり炭水化物を取るよりも、ボルシチくらいがちょうどいい。まあ、恵里菜は若いから、瑛子と違ってパスタの後、ケーキを食べるくらいなんでもないかもしれないが。

煮込み料理は温めて注ぐだけだから、ボルシチはすぐに出てくる。黒パンときゅうりのピクルスがスープボウルの横に添えられている。添えられた緑の細いハーブはディルだろうか。

「ご自由にどうぞ」

目の前にサワークリームの容器が置かれた。たっぷり入っている。

「ええー、サワークリームって高いですよね。こんなにいいんですか？」

恵里菜が目を輝かせる。円が微笑んだ。

「買うと高いですけど、自家製ですから、そうでもないです」

「サワークリームって作れるの？」

瑛子も驚く。小さな１００mlくらいのパックで二百五十円くらいすることは知っている。

「要するに発酵した生クリームですから、ヨーグルトと同じように作れます。脂肪分が高いからヨーグルトよりも温度管理は簡単なんですよね。もちろん、ロシアだと、ずっと安く売ってるんですけど」

それは知らなかった。

真っ赤なスープはトマトではなく、ビーツの色なのだろう。野菜と牛肉がゴロゴロ入っていて、おいしそうだ。

湯気に誘われるように、まずスープを一口。思ったよりずっとさっぱりしている。それでもたくさん入った野菜の複雑な甘みが出て、とてもおいしいし、なにより身体が温まる。

「はー、おいしい。疲れが取れるー」

恵里菜もためいきをつくようにそう言っている。

ディルの香りは日本人には馴染みがないが、それでもこのスープにはよく合う。

次にサワークリームをのせて、少し混ぜて食べてみる。一気に味が変わり、こってりしたコクと旨みの層が生まれる。

「サワークリームを入れると、本当においしい！　わたし乳製品が大好きなんです」

恵里菜がそう言うと、円は満足そうに頷いた。

「ですよね」

滋味あふれるしみじみとしたおいしさだったのが、サワークリームのおかげで、もっと豊かで親しみやすいおいしさに変わるようだ。

乳脂肪は偉大だ、と思う。特に、ロシアやウクライナのように寒い国に住む人たちにとっては、この脂肪分が冬を越すための力になるのだろう。

恵里菜は急に真剣な顔になった。

「えっと……店長さん、ロシアの食べ物にくわしいんですか？」

「そんなにくわしいわけじゃないです。行ったのも、ウラジオストクに一回だけだし。でも興味があるんです」

「じゃあ、ロシアの乳製品で、えっとリャージャンカ、とか、リヤジャンカとかいう……」

「リャージェンカですね」

「知ってるんですか？」

「ええ、知ってます。作ったことはないですけど」

はじめて聞く単語だ。瑛子は円に尋ねた。

「どんな乳製品なんですか?」

「飲むヨーグルトみたいな発酵乳なんですけど、作り方が独特で、ちょっとキャラメルみたいな風味があるんです。おいしいけど、ちょっと作るのが難しくて。塩崎さんは召し上がったことあるんですか?」

恵里菜は首を横に振った。

「姉が一回、作ってくれると言って挑戦したんですけど、大失敗してしまって、結局食べられませんでした。姉は、ロシア語を勉強していたので、その教室のパーティで教わって、わたしに作ってくれようとしました。でも、鍋を焦がしてしまって、母に怒られて……」

少し不思議に思った。飲むヨーグルトなのに鍋を焦がすような過程があるのだろうか。

円が少しうらやましそうに言った。

「いいお姉さんですね」

円の家庭の事情は聞いているから、彼女がそう言う理由はわかる。だが、そういえば、恵里菜から姉の話を聞いたことがない。

恵里菜は少し、口を歪めて笑った。

「いい姉、だったんですよね」

それが過去形であることに、はっとする。円も口を引き結んだ。恵里菜は瑛子と円の表情の変化に気づいたらしく、あわてて笑顔を作った。

「あ、なにも亡くなったとか、そういうわけじゃないんです。姉は元気です。元気って言っていいのかわからないけど」

「どうなさったんですか？　もちろん話したくなければ、話さなくてもいいんですけど」

円が尋ねる。だが、わざわざ姉の話を持ち出したということは、誰かに聞いてほしかったのではないだろうか。

瑛子が思った通り、恵里菜は下を向いて話し始めた。

「姉は五歳年上で、成績がよくて、スポーツもできて、わたしはいつも比べられてばかりいました。なにもかも、お姉ちゃんみたいに上手くできなくて、『お姉ちゃんは、模試で学年何位だったのに』とか、『お姉ちゃんはいつも成績上位だったのに』とか……でも、それは別によかったんです。わたしはお姉ちゃんみたいな優等生じゃないからって、開き直って、好きなことやって、まあ、赤点にならないくらいの点数とって……それがわたしだって思ってました」

その気持ちは、瑛子にもわかる。できる人と自分を切り離してしまえば、生きやすくなる。

「でも、大学を卒業して就職してから、姉は変わってしまいました。長時間労働のせいもあっただろうし、もともと正義感の強い人だったから、会社で理不尽な目に遭うことも多かったんだと思う。わたしみたいに、長いものに巻かれて、へらへらしてるタイプじゃなかったから、上司ともぶつかって、そしてもっと会社に居づらくなってしまったんでしょうね」

胸が痛くなる。この社会で働く人間で、理不尽な目に遭ったことのない人なんていない。正しくありたいと思う人ほど、どんどん生きづらくなっていくのかもしれない。

そんなふうに、人を消耗品みたいに使い潰して、この社会はどこに向かって行くのだろう。

「姉は、笑わなくなり、話さなくなり、そして会社を辞めました。次に非正規として働いてもうまくやれずに、そこも辞めて、やがて、自分の部屋から出てこなくなりました。今は、母が食事を部屋の入り口まで運んで、食べたいときだけそれを食べて、それ以外の時間はずっとゲームばかりやってるみたい。それをもう六年も続けていて、三十歳を越えてしまいました」

恵里菜が、過去形で「いい姉だった」と言った理由がわかった。今の姉は、恵里菜にとって、とてもいい姉だと言えないのだろう。

「姉の人生だから、わたしには関係ない。ずっとそう思ってきました。でも、この前、母親が人間ドックで再検査になったとき、わたしを前に座らせて、言ったんです。『もし、お父さんとお母さんがいなくなっても、お姉ちゃんの面倒をみてあげて』って。ふたりきりの姉妹だからって」

円の顔が険しくなるのがわかった。恵里菜が笑う。あきれ果てて、もう笑うしかないといった笑顔だった。

「幸い、再検査の結果は問題なかったけど、馬鹿馬鹿しくありませんか？　わたしがお姉ちゃんの人生も背負うの？　ずっとできるお姉ちゃんと比べられて、見下されてきたのに……」

自分では平気なつもりでも、心の傷は積み重なり、そしてふいに痛み出す。

円が口を開いた。

「塩崎さんが、お姉さんの面倒をみる必要なんてないと思います。まだ三十代なら、これからやり直すことだってできるし、それができなくても、あとは福祉の領域です。生活保護もあるし、塩崎さんにお姉さんの人生を背負わなければならない理由はないです」

いつの間にか、恵里菜のスープボウルは空になっている。円が尋ねた。

「おかわり、いかがですか？　今日はお客さんも少ないからサービスします」

恵里菜は首を振った。

「それより、そのロシア風のチーズケーキというのが食べたいです。コーヒーと……」

瑛子はパンデピスとチャイを頼むことにする。パンデピスはスパイスと蜂蜜の入った濃厚なパウンドケーキのようなもので、ちょうどこの季節、クリスマスのお菓子だ。

円がコーヒーの準備をしている間も、恵里菜は話し続ける。

「生活保護があることは知ってますし、店長さんがそう言ってくれるのは、本当にありがたいです。でも、身内を捨てるのは簡単じゃないですよね。姉のことはずっと好きだったし」

そう、簡単ではない。円だってそれはわかっているだろう。

「わたし、結婚するつもりが全然なくて……というか恋愛に興味がないんです。前はちょっとおかしいのかなと思っていたけど、最近、そういう人もいていいんだということがわかったし、それについてはもう悩んでいないんです」

「わかります」

円の恋愛対象が女性だということは、前に聞いて知っている。だから、彼女のこの相づちが表面だけの共感でないことはわかる。

「だから、ずっとお金貯めてるんです。無駄遣いせずに、投資とかもして、高齢になってもひとりで生きていけるように……三十代で小さな１ＬＤＫを買って、そこでずっと暮らそうと思って」

恵里菜が倹約している理由をはじめて知った。瑛子は彼女ほど自覚的にひとりで生きることを決めたわけではないが、結果的にそうなってしまっている。

「でも、母にそう言われた日、わたし、トイレに出てきた姉に言ってしまったんです。働けないのなら、結婚でもしてよ。婚活アプリだってあるし、結婚相談所に行くなりして。三十代なら、まだ婚活市場では相手が見つかりやすいからって……。わたしが人から言われたら、絶対相手のことを軽蔑してしまうようなことを、姉に言ってしまいました。姉はなにも返事をしませんでした……当然ですよね。本当、最悪」

恵里菜はためいきをついた。

円は、恵里菜の前にツップフクーヘンとコーヒーを置いた。そして、瑛子の前にはパンデピスとチャイ。

円がふいに言った。

「リャージェンカ、作りましょうか」

「えっ、作れるんですか？」

「作れます。でも発酵させないといけないから、何日かかかるんですよね。来週、もしよろしければいらっしゃいませんか？」

「ぜひ！　カルボナーラも食べないといけないし」

恵里菜が身を乗り出して言う。

彼女が笑顔になったことに、瑛子はほっとする。吐き出して、少し気持ちが楽になったのかもしれない。

恵里菜はツップフクーヘンにフォークを入れて、口に運んだ。

「おいしい。チョコレートとチーズケーキって、意外な気がしたけど、合いますね」

パンデピスもスパイスの香りと、控えめな蜂蜜の組み合わせがとてもいい。スパイスの存在感があるから、大人向けのお菓子だ。

帰り道、恵里菜がどこかすっきりした顔で言った。

「ひさしぶりに胸に詰まっていたものを吐き出せて、気分が楽になりました。あの店長さん、すごく話しやすくて……、奈良さんのお気に入りの店で重い話して、ごめんなさい」

「そんなの全然いいよ。気にしないで」

恵里菜は瑛子の方を向いて目を細めて笑った。

「やっぱり、実際に会わないと話せないことってありますね」

それは瑛子も痛感している。


円から「リャージェンカできました」というメッセージが届いたのが木曜日だった。

恵里菜にそれを転送すると、彼女は夕方にカフェ・ルーズに行くと言う。テレワーク中だった瑛子も行ってみることにした。リャージェンカというのが、どんな食べ物なのか気になるし、作るのが難しいらしいから、この機会を逃すと食べられないかもしれない。

カフェ・ルーズに行くと、もう恵里菜はカウンター席に座っていた。会社でしか会うことがないから、カジュアルな服を着ている彼女をはじめて見た。太い糸でざっくり編んだセーターが、細身の身体に似合っている。

瑛子も、普段着のパーカだ。これも会社に行くときには着ない服だ。お互い、どこか新鮮で、顔を見合わして笑ってしまう。

円が、奥からガラス製のマグカップを持ってやってくる。

「はい、これがリャージェンカです。今はまだ味をつけてないんで、お好みでお砂糖かジャムなどをどうぞ」

そういって、砂糖壺、蜂蜜、小皿にとりわけたジャムなどを並べてくれる。

飲むヨーグルトだと言っていたから、真っ白いものだと思っていたが、ほのかに茶色く、キャラメルのような匂いがする。

少しとろっと固まっているが、そのままマグカップで飲めるほどの緩さだ。一口飲んでみる。

少し焦げたような香ばしさがある。ヨーグルトのような酸味はない。

そのままでもおいしいが、蜂蜜を垂らしてみると、甘さ控えめのミルクキャラメルのような風味になる。これはおいしい。

恵里菜も目が丸くなっている。

「これは……めちゃくちゃおいしいですね。ヨーグルトよりも好きかも」

「作るの大変なんですか？」

円は少し首を傾げた。

「うーん、大変と言えば大変で、簡単と言えば簡単です」

禅問答みたいだ。円はこう付け加えた。

「最初に牛乳を焼くんです」

「牛乳を焼く?」

はじめて聞く言い回しだ。煮るとか、温めるではなく、焼くとは。

「オーブンで、四、五時間というレシピもあったけど、さすがにそれは大変なので、ストーブで一時間火にかけました」

「四、五時間って……」

「びっくりしますよね。でも、昔はペチカに入れて、焼いていたそうです」

ペチカとは煉瓦でできた暖炉で、火を入れてしまえば、煉瓦が熱を溜めて暖かさが長続きするらしい。なるほど、ペチカがあれば、五時間焼くのも簡単だったのかもしれない。

「で、その焼いた牛乳に、サワークリームを混ぜて暖かい場所で発酵させます。ちょうどいいとろみになったらできあがり」

なるほど、たしかに大変な一方で、簡単だ。

「リャージェンカは、ロシアで作るのは簡単なんです。今はペチカのある家は少なくても、焼いた牛乳は、普通の牛乳みたいにパックで売ってるし、そもそもリャージェンカそのものも売ってます。でも、日本で作るとなると、大変ですよね。ペチカもないし、オーブンだって、たぶん大半の家庭は電気オーブンです。だとしたら、電気代が恐ろしくかかってしまう。一時間直火で焼くという、いちばん手軽な方法だって、簡単とは言えません。目を離すと、吹きこぼれてしまったり、焦げてしまったりする」

「姉はそれで鍋を駄目にしてしまいました」

恵里菜はリャージェンカのカップを手にしたままつぶやいた。

「ですよね。困難って、そういう一面もあるんじゃないかと思ったんです」

円のことばにはっとする。

「焼いた牛乳が売られている国と、そうでない国では、リャージェンカを作る難しさは全然違う。同性婚ができる国と、そうでない国では同性愛者の生きやすさは変わるだろうし、男性と女性の賃金に差がある国と、差が少ない国では、単身女性の生きやすさも変わってくる。もちろん、なにもかも社会のせいにはできないかもしれないけど、でも、絶対社会のせいだったり、環境のせいだったりすることだってあるんです」

円のことばには怒りが滲んでいた。

「塩崎さんが、お姉さんにひどいことを言ってしまったのは、ご家族からプレッシャーをかけられたせいもあるだろうし、生活保護に対するスティグマがある社会のせいもあるかもしれない」

恵里菜はふうっと息を吐いた。円は話し続ける。

「わたし、前にも言った通り、塩崎さんには家族から逃げる権利があると思います。わたしだって、逃げました。勝ち逃げなので、家族からは恨まれてると思います。でも、別にいいです」

恵里菜は驚いた顔になった。まさか円がそんな話をするとは思わなかったのだろう。

「でも、それとは別にして、言ったことを後悔しているのなら、それは謝った方がいいのかもしれません。リャージェンカ、持って帰って、お姉さんに飲んでもらいませんか？」

彼女の姉は、リャージェンカを妹のために作ろうとした。この味が嫌いなはずはない。

恵里菜はこくりと頷いた。

それぞれの湯圓

その二人組を瑛子が見かけたのは、カフェ・ルーズが営業を再開して、間もない頃だった。まだ客も少なく、店内には瑛子と、その二人組しかいなかった。他の客を観察する趣味もなく、瑛子はカウンターで、円と会話したり、文庫本を読んだりしていた。

時刻はもうすぐ九時だった。ラストオーダーが近いから、杏ネクターを追加注文して、ふと気づいた。店内がやけに静かだ、と。

もちろん、カフェ・ルーズは大騒ぎするような人たちがくるような雰囲気の店ではない。テーブルが少なくなり、流れる音楽が小さくなった今では、前よりもより静かになったように思える。

BGMの音量を下げたのは、会話するのに声のボリュームを上げなくてもいいように、という円の気遣いらしい。まだなにが確実な感染対策かはわからないことも多いが、マスクを外した状態での大声が、よくないことは間違いない。

それでも、カフェだから、他に何人かできている客がいれば、話し声は聞こえる。

それがまったく聞こえてこないのだ。

カウンターから振り返って、窓際のテーブル席に目をやる。

三十代半ばくらいの男性と、女性だ。なぜか、ノートを広げて、そこになにかをふたりで書き込んでいた。

白いダウンコートを膝にのせ、ビッグサイズのセーターを着た髪の長い女性と、今の季節には少し寒そうなダンガリーシャツを着て、眼鏡をかけた男性。

ふたりはなにかを書いた後、顔を見合わせて笑ったりしている。

そういえば、学生の頃、自習時間に友達と、あんな感じで筆談したり、落書きをしたりしていたなあと考える。

だが、なぜカフェで筆談なのだろう。感染防止のためだろうか。

あまりじろじろ見るのは失礼だから、前を向いて考える。どちらかが、聾《ろう》者で筆談しているのか。もしくは、どちらかが中国や台湾など、漢字を使う国の人かもしれない。

それならば話すよりも、筆談の方が伝わりやすい。

考え込んでいると、円が話しかけてきた。

「今度、冬至からしばらく、タンユェンを出すんです。よかったら食べにきてください。冬至の日も店は開けますし」

「タンユェン？」

聞いたことがない食べ物だ。円は空に文字を書いた。湯圓。

漢字だから、たぶん、東アジアの食べ物だ。

「中国や台湾で、冬至や大晦日や、春節のときによく食べられているお団子です。いろんなバリエーションがあるんですけど、黒胡麻餡のを作ろうかなと思っています」

「点心の胡麻団子は食べたことがあるけど、違うの？」

「あれは揚げてありますけど、茹でて、シロップやお汁粉に浮かべて食べるんです。点心の胡麻団子より儚くてつるっと食べられます。白玉団子みたいな食感です。今、試作しているんです」

それは聞いただけでおいしそうだ。

最近、中国や台湾のスイーツ店を街中でよく見かけるようになった。タピオカミルクティーのブームもあったし、マンゴーのかき氷や、豆花などのスイーツも前より簡単に食べられるようになっている。

一過性のブームのように見えても、その後に残るものは必ずある。

一時期のタピオカブームはあまりにも極端だと思ったが、日本人は何事にも熱しやすく冷めやすい国民性なのかもしれない。

「おいしそう。食べにきます」

今年の年末年始も、実家には帰らないことにした。

祖父母には、十一月頃、一泊で帰って顔を見せてきた。どうやら、今年は二年ぶりに親戚が集まるらしいが、海外の状況を思うと、少し怖い。

ワクチンは接種しているが、新しい株の感染者も増えていると聞く。東京からわざわざ帰って、高齢者やワクチンを接種していない子供に感染させることがあってはならない。

これまで、お正月休みやお盆に帰省しないと言うと、嫌みのひとつも言われたが、最近では向こうも、わざわざ帰ってこいとは言わない。やはり不安はあるのだろう。寂しくないわけではないが、気楽な気持ちの方が大きい。

ひとりだとわざわざおせち料理なども、作らないいし、買わない。かまぼこや伊達巻きなど、好きなものだけ買って、雑煮を作って、それで終わりだ。

だから、少しでも季節の行事らしいことを聞くと、それがよその国のものであっても、心が躍る。

「年末年始はカフェはどうするの？」

「年末は大晦日まで開けます。あと、二日から五日まで、キッチンカー営業をして、カフェのオープンは翌週の木曜日からですね」

瑛子は携帯電話にメモを取った。大晦日まで開いているのはうれしい。

円は、水のおかわりを持って、窓際のふたり組のところに向かった。どうやら、湯圓の話をするらしい。

円はふたりに向かって湯圓の説明をした。男性の方がそれを聞きながら、ノートになにかを書く。女性がそれを見て、頷いた。彼女が書いた文字を見た男性が言った。

「彼女もぜひ、食べたいそうです」

「ぜひ！　お待ちしています」

ふたりの様子を見てわかった。たぶん、女性の方が聾者だ。

男性の方は手話を習得しているわけではなく、今はマスクをしているから、唇を読むことはできない。筆談がふたりの共通言語なのだろう。

きゅっと胸が痛くなり、瑛子は前を向いて、杏ネクターを飲み干した。もう少しいるつもりだったが、急に帰りたくなった。

財布を出して、戻ってきた円に支払いをする。

「湯圓、楽しみにしてますね」

そう言うと、彼女は微笑んだ。

「頑張っておいしいのを作りますね」

少しだけ手話を勉強したことがある。今となってはほとんど忘れてしまった。高校のとき、手話クラブに所属していたのだ。当時は、困っている人たちの手助けができればという気持ちもあったし、そういうクラブは、大学進学の推薦に有利だという話を聞いたという理由もある。

つまりは、おせっかいと打算だ。今になってみればよくわかる。

クラブは聴者しかいなかった。手話は先輩から教わったり、ビデオや教本を読んだりもした。クラブ活動自体は楽しかったし、文化祭で手話の歌を披露したこともある。

それでも週二日、聴者同士で、手話の練習をするだけでは、なかなか上達しない。先輩から教わった手話の中には間違っていたものがたくさんあったし、三年になれば受験のため、クラブ活動からは離れる。顧問の教師はほとんど教室にはこなかった。

たった二年の間だけ。瑛子が一年だったとき、二年の先輩の中には厳しい人もいたが、その先輩たちが部室にこなくなると、みんなあまり熱心には練習しなくなった。

義務のように、いくつかの単語を覚えて、その後は雑談したり、お菓子を食べたりするようになってしまった。

瑛子自身も、それを苦々しく思うよりも、楽しいし、気楽だなあと思ってしまった。これでは上達などするはずはない。

クラブ活動は楽しかったし、仲のいい友達もできた。だが、その頃のことを思い出すと、きゅっと胸が痛くなる。

あんなふうに楽しいだけで終わらせずに、もっとまじめに手話を覚えることもできたのではないだろうか。

結局、卒業と同時に手話の勉強もやめてしまった。それは部活そのものよりも、瑛子の問題だ。手話も言語だから、常に勉強し続けなければ忘れてしまうし、単語をいくつか覚えたくらいでは、自分で使えるようにはならない。

英語はその勉強を続けることができたが、手話はできなかった。そのことが悔恨となって残っている。

続けられなかった習い事は他にもあるけれど、こんな胸苦しさを感じるのは、手話だけだ。たぶん、それははじめたときの、自分が上等な人間になったような驕りと勘違いを思い出すからかもしれない。


冬至の日、瑛子はカフェ・ルーズを訪ねた。

普段なら水曜日は休みなのだが、今日は湯圓を食べにきた客が多いのだろう。テーブルは埋まっていた。もちろん、以前よりもテーブルの数を減らしているから、大勢人がいるわけではない。

瑛子はいつもカウンターに座るから、問題はない。

「あ、奈良さん、いらっしゃいませ。湯圓召し上がりますか？」

「もちろん！　残ってる？」

この様子では、売り切れているかもしれないなと思ったが、円は答えた。

「あとふたり分だけ残ってます」

ぎりぎりだ。まあ、今日だけというわけではないし、売り切れていても食べる機会はあるだろうが、せっかくなら冬至に食べたい。

湯圓とジャスミンティーを注文して、カウンターに座る。

「湯圓、冷たいのと温かいのと、どちらにします？」

「両方あるの？」

「あります。要するに白玉団子だから、いろんな食べ方ができるんです」

外は寒いから温かい方がいいかと思ったが、念のために聞いてみる。

「どっちがおすすめ？」

「どうしても温かいのが食べたいのでなければ、冷たい方がおいしくできました」

なら冷たい方に決まりだ。

本を読んで待っていると、冷たい湯圓が出てくる。

透明なシロップに、真っ白で丸いお団子、その上に少量の小豆がかけてある。シロップからは花のようないい匂いがする。

レンゲですくって、湯圓を口に運ぶ。湯圓自体はほんのりと温かい。茹でたての熱い湯圓を氷入りシロップの中に入れているのだろう。

ふわふわもちもちとした食感と、黒胡麻餡のコク、そこにシロップの爽やかさが調和して、とてもおいしい。白玉団子は日本にもあるし、胡麻だって小豆だって身近な食材なのに、ほんの少しで日本にはない香りと味わいになる。

「いい匂い。これはなんのシロップですか？」

「キンモクセイのシロップなんです」

だから花のような香りがするのだ。この花のシロップは冷たい方が合うだろう。

「温かい方は小豆のお汁粉に浮かべてます」

次回はそちらの方を食べてみたい。

湯圓はするりと口の中に吸い込まれていき、あっという間になくなった。

「おいしかった！」

そう言うと、円は目を細めて微笑した。

「これは台湾で食べたの？」

瑛子が尋ねると、円は首を振った。

「台湾には何度も行ってるんですが、ちょうどこの時期には行ったことなくて……レシピを検索したり、都内で出しているお店に行ったり、冷凍食品を取り寄せたりして、研究しました。だから、本場のとは少し違うかもしれません」

彼女は少し首を傾げた。

「以前は、旅に出て知ったこと、食べたものなどを再現していたけど、今は行きたい気持ちと食べてみたい気持ちでレシピを模索している感じです」

それは、円なりのこの時期の過ごし方なのだろう。それでも今食べた湯圓はとてもおいしい。

ドアが開く音がして、白いダウンジャケットの女性が入ってきた。

円が、すっとお盆を置き、ノートを取り出した。それで気づく。このあいだ、男性と筆談をしていた女性だ。今日はひとりのようだ。

円がカウンターを指さすと、彼女は頷いて、瑛子の横に座った。円はメニューとノートを彼女の前に置いた。

これまでも、ときどきひとりできて筆談でコミュニケーションしていたのかもしれない。

女性は、メニューを見ながら湯圓と阿里山金萱茶を指さした。円がノートに、「冷たいのと温かいのがあります」と書く。女性は温かいと書かれた文字を指さした。

瑛子は思い切って、手話を使ってみた。このあいだ家に帰ってから、教科書を見て思い出してみたのだ。

(今日は寒いですね)

女性は一瞬、驚いた顔になったが、すぐに、笑顔になって手話で答えてくれた。

(明日の朝も寒いそうです)

と言ってもたくさん喋れるわけではない。瑛子は続けた。

(ごめんなさい。手話はちょっとしかできないんですけど)

彼女は、自分のスマートフォンに文字を打ち込んで、こちらに見せた。

「わたしも実は、そんなに手話得意じゃないんです。だから、おしゃべりなら、筆談やスマホの方がいいです」

それを読んで驚いた。聾者にとって、手話は第一言語であることが多い。聞こえる人間にとっての日本語と同じだ。もしかすると、子供のときからではなく、ある程度の年齢になってから、聴覚を失ったのだろうか。

女性は、留衣《るい》と名乗った。瑛子も自分のスマートフォンの画面に名前を表示させる。このやり方だと筆談と同じで漢字まで紹介できるから便利だ。「えいこ」と口で名乗っても、文字まで伝えることはできない。

「手話はどこで勉強されたんですか？」

留衣さんはすばやくスマートフォンにそう打ち込む。

「高校生のとき、手話クラブだったんです。それだけ。だから大人になってからは全然勉強していなくて忘れてしまいました」

先日、留衣さんを見かけたから、教科書を見て思いだしてみた、ということは言わずにおく。

「わたしは、家を出るまで、親に手話を禁じられてたんです。うちの家族はみんな聴者だったから、唇をちゃんと読めるようにしなさいって。その方が絶対いいからって」

瑛子は驚いて、留衣さんの顔をじっと見てしまった。スマートフォンに打ち込む。

「それは大変でしたね……」

唇を読むのは簡単ではないし、もし唇を読むことができても、生まれつきの聾者は発話が難しく、声による会話を第一言語にするのには困難が伴う。

なにより、聾者同士でのコミュニケーションが難しくなるのではないだろうか。聾者同士の手話は早くて、語彙も豊かで、ちょっと勉強したくらいでは簡単には追いつけない。

つまり、留衣さんのご両親は、聴者とのコミュニケーションだけを重視して、彼女が同じ障害を持つ人とつながる可能性を阻んだことになる。

ちょうど、留衣さんの湯圓と、金萱茶《きんせんちゃ》が運ばれてくる。瑛子は、ジャスミンティーのおかわりを頼んだ。

温かい湯圓も、とてもおいしそうだ。日本のお汁粉よりも、淡い色のお汁粉に白とピンクのつやつやした湯圓が浮かんでいる。

彼女は幸せそうな顔で、湯圓を口に運んでいる。あまりにもおいしそうな表情で食べるので、一緒にいるだけで楽しい気持ちになってしまう。

彼女は湯圓を食べ終わると、またスマートフォンをこちらに向けてきた。

「いつもおひとりでいらしてますよね」

前回だけでなく、何度かカフェ・ルーズで会ったことがあるのかもしれない。普段はあまり他の客に注意を払わない。

「店長さんと仲がいいのかなあと思ってました」

「前、少し同じ職場にいたんです。留衣さんは、前回お連れの方がいらっしゃいましたよね」

その文字を見ると、彼女ははにかんだように笑った。

「同じ職場の同僚なんです。今日は仕事が終わらなくて」

留衣さんは続けて文字を打ち込んだ。

「このお正月、わたしの実家に一緒に行って、両親に紹介することになってるんです」

つまりは結婚を考えているか、もしくはそれはまだ先でもおつきあいをしているのだろう。

「素敵ですね。楽しそうに筆談されているなと思ってました」

「スマートフォンだと、会話が残らなくて寂しいからって言うんです。彼が」

おっと、盛大にのろけられた。

「いいですね」

彼女はどこか遠い目になる。

「去年から、マスクが当たり前の生活になってしまって、急に人との距離が遠ざかってしまったようで、心細くて……でも、彼と一緒にいる時間が長くなって、ようやくこの状況にも慣れてきました」

コミュニケーションを読唇に頼っていたなら、マスク生活は聴者と比べものにならないほど困難だろう。手話でも、口の動きは重要だ。

彼女の指は、驚くほど速く、文字を打ち込む。これが彼女にとっての会話そのものなのだろう。だが、彼女は指を止めて、少し考え込んだ。そして、これまでよりもゆっくり入力する。

「わたし、これまであんまり実家に帰らなかったんです。悲しい気持ちになることが多かったし……」

手話を禁じられていたということで、彼女が実家でどんな扱いを受けていたのか、想像がつく。

「でも、彼が両親に会ってもいいと言ってくれたとき、すごくうれしかった。彼を連れて帰ったら、両親も喜ぶだろうし、わたしもあの人たちにとって、少しはいい娘になれるのかなと思ったりして……、でも、それって打算的ですよね。そんなことを考えるたびに、少し自己嫌悪になってしまいます」

瑛子は急いで、自分のスマートフォンに文字を打ち込んだ。

「もし、それが打算的だとしても、打算的にさせたのは、留衣さんのご両親ですよね。できれば、親と良好な関係でいたいと思うのは、自然なことだと思います」

もし、彼女の両親が、聴者と聾者を差別する人でなければ、留衣さんがそんなことを考えることもなかったはずだ。

留衣さんは、瑛子のスマートフォンを見て、少し寂しそうに笑った。

「そうですね。でも、いつかどこかで完全に決別するのかな、という予感は常にあります」

その感覚は、瑛子にもわかるのだ。


留衣さんが帰ってしまった後、円がやってきた。

「留衣さん、お話が好きですよね」

「うん、そうみたいだね」

意外だ、と思ってしまうのも、先入観や偏見なのだろう。

「以前、留衣さんのご両親の話を聞きました。わたしのことも話して、なんだか盛り上がってしまいました」

瑛子の場合は、留衣さんや円のように、大きな理由があるわけではなく、なんとなくうまくいかない、自分の生き方を理解してもらえないというような感じだが、ふたりが抱えている痛みは想像がつく。

円が独り言のようにつぶやく。

「でも、わたしはうまくいかなかったけど、適切な距離を置いたまま、トラブル回避できるのがいちばんいいですよね。完全に決別してしまうのもつらいですし」

仲良くなれるのがいちばんいいと言わないのが、彼女らしい。

ふいに、円が大きく目を見開いた。

「話は急に変わるんですけど！　結婚の話を聞いたとき、『お幸せに』って言ったりするじゃないですか。わたしも留衣さんに言ってしまったんですけど」

ということは、やはり結婚の話にはなっているのだろう。

「でも、結婚してもしなくても、幸せな方がいいし、たとえば離婚したときとかにも『お幸せに』って言ってもいいような気がするんですよね」

たしかに、離婚した後だって、幸せを祈っていいはずだ。だいたいは、お互い幸せになるために離婚するのだから。

「本当にそうだね」

瑛子は頷いた。

「お幸せに」と言うことを阻む価値観があるのだとしたら、たぶんそちらの方が間違っているのだ。


それから数日後、買い物帰りにカフェ・ルーズに足を向けた。

空いていたら、ミルクコーヒーでも一杯飲んで、家で食べる用の焼き菓子をテイクアウトして帰ろうかなと思ったのだ。

リモートワークが中心になってから、カフェ・ルーズに足を向ける回数が増えているのはわかっている。飲食店の置かれている境遇を少しでも応援したいという気持ちもある。しばらく行かないうちに、店が閉まっていたときには、ショックだった。

だが、なにより、誰の顔も見ないまま、一日を終えることに寂しさを感じてしまうことが大きい。

会社に出勤しているときは、それほど話し込んだり、プライベートを詮索したりしなくても、ちょっと冗談を言って笑いあったり、天気の話をする相手には事欠かなかった。

今はそれがないことが寂しい。

ドアを開けると、カウンターに留衣さんが座っているのが見えた。彼女はすぐに瑛子に気づいて手を振った。

店内には、他に二組の客がいた。テーブルはまだ空いているが、人恋しくてきたのだから、留衣さんと話がしたい。

瑛子は彼女の隣に腰を下ろした。

「ガラオン、お願いします」

注文を取りにきた円に言う。

ガラオンは、ポルトガルのミルクコーヒーだ。カフェラテに似ているが、ガラスの耐熱グラスでたっぷりと供される。

味そのものは、カフェラテとそれほど変わらないのかもしれないが、違う器で飲むことで、少し気分も変わる。なにより、瑛子はその、コーヒーとミルクの入り交じった色が大好きだ。耐熱グラスで飲むと、その色を堪能できる。

留衣さんは、ノートになにかを書いて、瑛子に見せた。今日はスマートフォンではないらしい。

「今日、会社でひどいこと言われちゃって……聞いてもらっていいですか？　円さんに愚痴ろうと思ってきたんですけど」

「もちろん」

どうやら、ノートなのは円に共有するためらしい。

「典之《のりゆき》さんのことなんです。あ、典之さんというのは彼です。会社の同僚が言うんです。彼、他の女性社員に対しては、いつもそっけなくて、態度も悪くて、女性社員たちの評判が悪いって……」

女性社員の評判が悪いと聞くと、瑛子もあまり良くは思わない。だが、先日見かけた彼は、にこやかでリラックスしていて、感じが良かった。

「これまで、彼とつきあっていることは、誰にも話しませんでした。特に会社の中では……でも、すごく仲のいい同僚に話してみたら、そんなこと言われちゃって……なんかもうショックで……」

瑛子も書く。

「仕事では無闇に愛想良くしないだけなのかも……」

「ただ、女性があまり得意ではないというのは、前に彼から聞いたことがあるんです。女性の前だと緊張してしまうって……そのときは、そんなに気にしなかったんです。わたしには優しかったし」

「そういう人もいますよ。女性で、男性が苦手な人だっているし」

今、目の前にいる異性を拒絶しているというより、これまでの記憶や経験で、苦手意識を持ってしまうことはある。ただ単にその人が悪いとは言い切れない。

「で、彼女が言ったんです。典之さんが、わたしとつきあっているのは、わたしなら緊張しないからだろうし、それはわたしのことを見下しているんじゃないかって……」

「えっ、ひどい！」

思わず声に出して、言ってしまった。すぐにノートにその一言を書く。

留衣さんはしばらく、瑛子の書いた文字を見ていた。またボールペンを手に取る。

「でも、もしかしたら、そういう一面はたしかにあるのかもしれないです。わたしはずっと、誰にとってもできない子で、なにか欠けている人間として扱われてきました」

それは、彼女が同じ障害を持った人とつながれなかったという過去も影響しているのかもしれない。だが、それは彼女だけの責任ではない。

気が付けば、円がノートをのぞき込んでいた。彼女がボールペンを取る。

「不思議ですよね。マイノリティとか、障害を持つ人には、完全に心のきれいな人しか関わっちゃいけないように思われているの。マジョリティ同士なら、可愛いなと思って声をかけたり、お金持ちにアプローチするのはごく普通で、責められるようなことではないのに、なぜかそれがマイノリティになると、軽い気持ちで関わってはいけないように思われるの」

円の筆跡は意外に力強かった。怒りのせいかもしれない。留衣さんが書く。

「よくわかります」

瑛子にもわかる。中途半端に手話に関わったことがいつまでも胸のつかえになっていたから。

「それも、偏見なんでしょうか」

そう、留衣さんが書く。

「留衣さんに関わることに他人が特別な資格や、ハードルを求めるのなら、それは偏見だと思います。逆に、留衣さんが誰かに嫌な思いをさせられたときに、『そのくらい気にしなくていい』みたいに言うのもおかしいし」

その同僚に言われるまで、恋人から見下されていると感じたことがなかったのなら、他の人がとやかく言うことではない。

円は続けてこう書いた。

「湯圓、ピーナッツ餡のも作ってみたんです。よかったら、試食していただけませんか？」

「ぜひ！」

留衣さんも大きく頷く。

円はキッチンに向かった。しばらくして、小さなお椀を持って帰ってくる。

「どうぞ、ピーナッツ餡の湯圓です」

これは温かいのだ。シロップからは烏龍茶の香りがする。

ふわふわの白玉をレンゲで口に運んで噛むと、とろりとしたピーナッツの餡があふれ出す。胡麻餡とはまた違って、香ばしくておいしい。

「おいしい！」

そう言うと、円は笑った。

「よかった。自信作なんです」

円はスツールを持ってくると、カウンターの中に座った。またペンを取る。

「冬至には湯圓、春節には水餃子。節目節目に中国や台湾の人が点心を食べるのって、たぶん、家族が大勢集まるからですよね。手間がかかるおいしいものを、みんなで作って、みんなで食べる。それはとても素敵なことだと思っています。でも、別にそうじゃない生き方だってあっていい。わたしは店で、お客さんに湯圓を食べてもらって、とても幸せだし」

瑛子も客として、湯圓をここで食べられるのはうれしい。止まり木のような場所だとしても、心が温かくなる。

「安らげる場所なんて、みんな違うし、誰かと一緒でなくていい。そう思います。留衣さんが彼に対して嫌な気持ちになっていないなら、同僚の人が言うことなんて、気にしなくていいと思います」

留衣さんは頷いた。

「そうですね……」

続けて書く。

「お正月、実家に帰るのやめようかな……別に両親の許可なんてもらわなくたっていいし」

それを決めるのは彼女とそして恋人だ。

円は微笑んで、またペンを取った。

「わたし、典之さんと話したことがあるから知ってます。彼、とても早口なんです。そのこと自体は全然気にするようなことではないと思うんですけど、たぶん彼はそれを気にしている。だから、話すとき、緊張して、緊張するとよけいに早口になってしまって、焦るんだと思います。女性が相手だと、感じ悪くなってしまうのはそのせいではないでしょうか」

だから、筆談での会話は、彼にとっても心地よいものだったのかもしれない。

その文章を読んで、留衣さんは驚いた顔になった。

「典之さんの書く文章は、語彙が豊かで、ロマンティックで、ユーモアにあふれていて、優しいです。口で話しても同じかと思っていました。でも、それって、他の人にはわからないことだったんですね」

そう、健常者がそうでない人より、多くのことを知っているなんて、単なる思い込みだ。

湖のクリームケーキ

年が明けたとたん、また新型コロナ感染者が爆発的に増えはじめた。

少し多くなってきたなと思っていたら、その後日に日に倍増するかのようなペースで感染者が増えはじめる。東京ではあっという間に一日千人を超え、一万人にまで達するようになった。

これまでと違うのは、社会があまり変わらないことだ。

医療機関が逼迫しているという話は流れてくるのに、街には人がいて、マスク無しの会食を楽しんでいる人たちもいる。瑛子の職場は、一昨年からリモートワークが推奨されているから、出勤するのは週に一度か二度だが、時間をずらさないと満員電車に乗ることになってしまう。

みんな慣れてしまったのだ。まわりの人が感染することにも、医療機関が混乱することにも、そして人が死ぬことにも。

そう思うとどうしようもなく怖くなる。

今日は何人の人が亡くなったと聞いても、知らない人ならばただの情報でしかない。それどころか、「高齢者だから、基礎疾患のある人だから仕方ない」などと言う人まで、いる。

生活が制限されることよりも、まわりの人が無関心になっていく方がずっと恐ろしい。戦争などが起こっても、こうなるのだろうと、はっきり想像できるから。

すっかり気持ちが塞いでしまったせいか、しばらく、カフェ・ルーズにも顔を出さなかった。

家で仕事をし、たまに時間をずらして出勤をして、帰ってきて自炊をする。空いた時間はぼんやりテレビを見たり、配信の海外ドラマを見たりした。

会社に行かない日は誰とも喋らない。そのせいで、よけい暗い気持ちになるのだということはわかっていたが、それでも人と会いたいと思えないのだ。

まったく人と連絡を取っていないわけではない。電話やＳＮＳでは会話をする。それだけで満足しているうちに、どんどん人との距離が遠くなっていく気がして、それはそれで不安の種になる。

わかっている。瑛子はまだこの状況では、恵まれている方だ。

同じ職場で働いていても、子供のいる同僚は、学校で感染した子供の看病をするうちに、自分も感染し、一週間ほど高熱と激しい喉の痛みに苛まれたと言う。隔離期間が終わり、出勤が可能になっても、倦怠感がひどくて、仕事にならないと言っていた。

一人暮らしならば、まだ自分が気をつけていればいいが、家族が感染してしまえば、どうしようもない。つくづく、厄介なウイルスだと思う。人と人との間に忍び込む。

二年前、パンデミックの初期は、二年もすればまた人と会ったり、食事をしたりする日々が戻ってくるのだと思っていた。

二年経っても未来は見えない。


立春を過ぎると、少しは暖かい日も増えてくる。

もちろん、まだダウンコートは手放せない。家の中では、引きずるようなロングガウンを着て、もこもこの靴下を履いている。そんな自分の姿を鏡で見るたび、瑛子は「魔法使いみたい」と思う。

魔法が使えたらいいのに。そうしたら、感染症も消してしまって、さっさと春にするのに。そんなことを考えてためいきをつく。もちろん、現実はそんなに簡単にはいかない。だが、たまに太陽があふれる暖かい日があるというだけで、プレゼントをもらった気持ちになるのも確かだ。

あと一ヶ月もしたら、緑が芽吹きはじめ、二ヶ月経ったら桜も咲く。そのときの社会がどんな状態なのかは見当もつかないが、それは変わることがないはずだ。

太陽の暖かさに誘われるように、瑛子はひさしぶりにカフェ・ルーズに足を向けた。

カフェが空いていたら、食事をして、混んでいるようだったらバインミーでもテイクアウトしてくるつもりだった。

木曜日の午後一時半、少し遅めの昼休憩のつもりだった。

階段を上って、広い窓から店内を覗くと、フロアには女性客がひとりしかいなかった。マスクをして、編み物をしている。

人がいなくてほっとしてしまうことにも、少し罪悪感がある。円のためには、お客さんがたくさんいた方がいいはずなのに。

ドアを開けると、カウンターにいた円が振り返る。マスクをしていても、笑顔がはっきりわかる。

「あ、奈良さん、いらっしゃいませ」

「ご無沙汰してます」

そう言って、カウンターに座る。

「空いているから、どこでも大丈夫ですよ」

「うん、でも話がしたいから。家にいると、誰とも喋らなくて」

「テレワークなんですよね」

「そうなの。まあ、週一、二回くらいは出勤するけどね。今日は暖かかったから、ひさしぶりに歩きたくなって」

「寒い日が続きましたもんね」

他愛のない会話。英語ではスモールトークというんだっけ、などと考える。

大学の時、ネイティブの英語教師から、How are you?と話しかけられるたび、口ごもったことを思い出す。

自分の毎日、Fineだとも、Okだとも思えなくても、そう答えていればいいのだと言われたことに、拭いがたい反発があった。そんなことを考えてしまうのも地域性なのだろうか。

日本に長く住んでいる人間ならば、スモールトークとしてお天気の話をするところだろう。

「なにになさいますか?」

円がオーダーを取りにきた。

「えーと、バインミーとベトナムアイスコーヒーをお願いします」

定番以外のメニューが書かれている黒板を見ると、デザートのところに「ポルトガルの固いプリン」と書かれている。なかなか魅力的だから、それもキープしてもらうことにする。

カフェ・ルーズのバインミーはおいしい。レバーのペーストのようなものと、大根とにんじんのなます、パクチー、薄切りのローストポークが、少し柔らかいフランスパンに挟まれている。なますと、レバーペースト、パクチーとバターとニョクマム。フランスとベトナムの味がうまく馴染んでいる。植民地として支配された歴史の痛みは、簡単に消せないとしても、食文化はなにもかも呑み込んでいく。

ベトナムコーヒーは、グラスの底に練乳を入れ、上から小さなフィルターでコーヒーを注ぐ。コーヒーの味が、普段、カフェ・ルーズで飲んでいるコーヒーと違うと思って、尋ねてみたが、やはり使っている豆が違うらしい。

「ロブスタ種といって、苦みが強い種類なんです。でも、これはこれで風味があって、練乳を合わせても負けないと思うんですよね」

円は熱っぽい口調でそう語った。瑛子は、特にアイスコーヒーにするのが好きだ。練乳の甘さが和らいで優しい味になる。

はじめて食べたプリンも、スプーンが立つほど固くて、カラメルの風味が強く、とてもおいしかった。

残ったアイスコーヒーを飲みながら、円に、先ほど考えたスモールトークの話をした。

「ああ、わたしもあんまり得意じゃないです。なんとなく、『まあまあです』とか言いたくなりますよね」

共感してもらえてうれしい。続けて円はこんなことを言った。

「わたし、今、オンラインでロシア語を勉強しているんですけど、ロシア語でも『いかがお過ごしてすか？』みたいな挨拶があるんですよ。でも、その返事は『いつも通りです』とか『まあまあです』みたいなのが通常みたい。なんかそっちの方がしっくりきますよね」

「ロシア語？」

「そうです。すごく難しいので、習得できるかどうかはわからないですけど、でも、キリル文字が読めるようになると便利だし、スラブ語圏ってかなり広いので、少しだけでもわかると世界が広がるかなって思ってはじめたんです」

それを聞きながら、思う。円は本当に旅が好きなのだ。旅に行けない期間も、次に旅に行くことを考えている。

「スラブ語圏って、チェコとかポーランドとか……」

「そのあたりもそうだし、スロベニアやクロアチアなどもラテン文字表記のスラブ語系なんです。あとは、カザフスタンやウズベキスタンなどの中央アジアやモンゴルなどでも、ロシア語は話されていますし……」

なかなか広い範囲だ。もともとのスラブ語圏だけではなく、旧共産圏でも話者が多いということなのだろう。

そう言うと、円は少し寂しそうな顔になった。

「でも、勉強して使える場所が多い言語って、どうしても政治的に強かったり、過去に植民地支配をしていた国の言語になるんですよね。そのことに複雑な気持ちがないわけではないです」

英語もそうだし、話者の多いスペイン語もそうだ。フランス語話者がアフリカで多いのも、かつての植民地支配からはじまっている。

「時間は有限だから、仕方ないとは思うんですけどね……」

それを言うなら、英語だけしか使えない瑛子だって同じだ。

ふいに、人が近づいてくる気配を感じた。振り返ると、窓際の席で編み物をしている女性だった。

「あの……お話し中、申し訳ありません」

「はい、お会計ですか？」

笑顔で答えた円に女性は尋ねた。

「店長さんは、世界のケーキやお菓子にくわしいんですよね」

群青のような美しい色のニットを着ている。年齢は、瑛子よりも少し若いくらいだろうか。声が高くて細くて、まるで小鳥みたいだ、なんて思う。

リスみたいな円と彼女が顔をつきあわせていると、森の中にいるような気持ちになる。

「ブレッドケーキってご存じですか？」

「ブレッドケーキ？　パンのケーキですか？」

円が首を傾げる。

「バナナブレッドとかではなく？」

「ブレッドケーキって聞きました。姉がおいしかったって言ってたんです。姉はフランス在住だから、その近辺で……」

彼女が持っている鞄には、色がミックスされたような、手編みのマスコットがぶら下がっている。可愛いが、ちょっと不思議な造形だ。ワニかトカゲだろうか。

「ちょっと調べてみましょうか」

円がそう言うと、彼女は首を横に振った。

「いえ、ご存じかもしれないなと思っただけで……そんなに重要なことじゃないので大丈夫です」

そう言いながら、彼女の表情は暗い。

瑛子は彼女のマスコットを指さした。

「可愛いですね、その子」

彼女はぱっと笑顔になった。

「ありがとうございます。わたし、編みぐるみ作家で、自分で作ったんです」

「そうなんですね。素敵です。欲しいなと思いました」

道理で、あまり市販されていないような造形なわけだ。

彼女は鞄から名刺を出して、瑛子に渡した。

「オンラインで販売もしているので、もしよろしかったら覗いてみてください」

「ええ、ぜひ」

鞄につけるのはちょっと抵抗があるが、小さな編みぐるみを部屋に置いてみてもいいかもしれない。

彼女は支払いを済ませると、頭を下げて言った。

「近くなのでまたきます」

「ぜひ、お待ちしております！」

だとすれば、また会うかもしれない。


その一週間後、カフェ・ルーズを訪れた。中を覗くと、今日は女性ふたり客がいるだけだ。食事はもう終わったのか、空の皿を前にマスクをして会話している。

ドアを開けると、円が大きく手を振った。

「あ、奈良さん。よかった」

まるで瑛子のことを待っていたような仕草だ。

「どうかしたの？」

「奈良さん、今里さんから、名刺もらってましたよね？」

「今里さん？」

少し考えて理解する。この前、編みぐるみ作家の人から名刺をもらった。

「マオールさんのこと？」

それが彼女の作家名だった。サイトには、小さなサイズの可愛くて、不思議な造形の編みぐるみがたくさんあった。欲しかったけれど、入荷してもすぐ売り切れてしまうのだ。どうやら、ファンが多く、いつも争奪戦になっているらしい。

「彼女がブレッドケーキと言ってたの、覚えてます？」

それは覚えている。円は冷蔵のショーケースから、粉砂糖のかかった白くて四角いケーキを取り出した。

「これのことだと思うんです」

パイ生地のようなものに、カスタードクリームと生クリームがたっぷり挟まっている。見るからにおいしそうだ。

「これがブレッドケーキ？」

「ブレッドクリームケーキという名前です。スロベニアのブレッドという町の名物なんです。パンのブレッドはRだけど、こちらはL」

瑛子もそのふたつの発音は苦手だ。聞き分けるのすら難しい。

「先週気づいて、作ってみたんですけど、おいしいし、親しみやすい味だから、けっこう売れてます」

それを聞くと、瑛子も食べたくなる。コーヒーと一緒にひとつ注文した。

さくさくのパイ生地の間に分厚い、カスタードと生クリームの層がある。ナイフとフォークで切り分けて、口に運ぶと、クリームがすっと溶けた。見た目よりもずっと軽い。

これは、子供も大人も大好きな味だ。

「これ、すごくおいしい！」

はじめて食べるのに、懐かしいような気持ちになる。ケーキ屋などで並んでいても、人気商品になりそうだ。

スロベニアなんて、名前と大まかな場所しか知らない。オリンピックなどで活躍している記憶があるのと、旧ユーゴスラビアという知識しかない。

なのに、そんな遠い場所に、こんな親しみやすい味のケーキがあるなんて、不思議な感じだ。

円は、瑛子が食べている間に、サイトから今里さんにメールを送っているようだった。彼女が携帯電話を置くのを待って、瑛子は話しかけた。

「おいしかったです。葛井さんは、スロベニアに行ったことあるの?」

「一度だけ、でもオーストリアから、足を延ばしたので、あまりゆっくり見られてないんです。リュブリャナとブレッドには行きました。素敵だったので、次はスロベニアだけでゆっくり行きたいなと思ってたんですが……」

語尾が曇る。思っていたけれど、パンデミックのせいで、次はいつ行けるかわからない。そう続くのだろうか。

「クリームケーキもそのとき、一度だけ食べて、もっといろんなお店を食べ歩きたいと思ってたんです」

「オーストリアからも近いんだ……」

そんな知識すらなかった。

「オーストリアとイタリアに面していて、日帰りでも行き来できるくらいです。スロベニアで会った人が言っていました。自分たちはラッキーだったと。ユーゴスラビアの紛争のあと、イタリアやオーストリアに仕事を探しに行くことができて、いち早く経済的に復興することができたから……と」

日本だと、日帰りで別の国に行くことなど想像できない。距離の近いヨーロッパならではだ。

円の携帯電話が振動した。液晶画面を見た彼女が言う。

「今里さん、このあといらっしゃるそうです」

五分くらいして、今里さんがコートを手にカフェの階段を上ってくるのが見えた。今日は深緑のニット。編みぐるみ作家だから、普段着ているニットも自作かもしれない。珍しいデザインで、しかもとてもよく似合っている。

「こんにちは。ご連絡ありがとうございます」

息を切らしているところを見ると、急いできたようだ。ふと、不思議に思った。クリームケーキは彼女にとって、そんなに大事なものなのだろうか。

「あの、ブレッドケーキがわかったって……」

円は笑顔で頷いた。

「ええ、作ってみました。ブレッドクリームケーキというスロベニアのケーキです。わたしも一度しか食べてないし、くわしいとは言えないんですけど。ネットで作り方を調べました」

「じゃあ、そのブレッドクリームケーキと紅茶をお願いしていいですか」

「もちろん」

今里さんはカウンターの椅子に腰を下ろした。

白い皿にのったクリームケーキと、紅茶が彼女の前に置かれる。紅茶には牛乳が添えてあるから、今里さんはミルクティーがお好みなのだろう。

彼女は息を呑むように、フォークでケーキを切り分けた。まるで大切なものを扱うように、フォークを口に運ぶ。

彼女の肩が震えていることに、瑛子は驚いた。

彼女は静かに泣いていた。

「驚かせてしまってごめんなさい」

少し落ち着いたのか、今里さんはぺこりと頭を下げた。

「いえいえ、お気になさらず……」

そう言いながらも円は心配そうだ。

「おいしかったです。とても。食べたとたん感情があふれてしまって……」

彼女の中に踏み込むかもしれないと思ったが、瑛子は思わず尋ねた。

「思い出の味なんですか?」

今里さんは首を横に振った。

「いえ、食べたのははじめてです」

なのに、涙があふれるほど、気持ちが揺さぶられたのだろうか。それ以上聞くのはどこか憚られた。

今里さんは一枚の絵はがきを取り出した。川に橋がかかっている。橋の向こうの薔薇色の建物は教会だろうか。

それを見て、円が言う。

「リュブリャナですね」

「そうなんですね。わたし、知らなくて。姉から去年のクリスマスに送られてきた絵はがきです」

「見ていいんですか?」

円が尋ねると、今里さんは頷いた。

写真を裏返すと、今里真生様という宛名と、走り書きのメッセージがあった。


今、旅行にきています。とても楽しいです。ブレッドケーキというのを食べたら、真生を思い出しました。教会から、湖を見る景色にとても心が動かされています。早くまた会えますように。

夏生

妹に送るメッセージとしては、特別な内容だとは思えないが、どこか奥歯にものが挟まったようなもどかしさを感じるのも事実だ。

今里さんはためいきをついた。

「姉とは仲が良かったんです。姉は強い人だったけど、なにより、わたしを認めてくれました。気が弱くて、あまり人に強く言えなくて、子供の頃から苛められてばかりいたわたしを、いつも褒めてくれたんです。苛められて泣いて帰ってきても、真生は優しくて、賢いから、あえて言い返さなかったんだって言ってくれて。そうしているうちに、少しずつ、自分に自信が持てるようになってきました。大事な姉なんです。今は全然会えなくてつらいです」

「フランスにお住まいなんですよね」

前に会ったとき、そう言っていた。瑛子の質問に、今里さんは頷いた。

「そうです。十年ほど前に、フランス人と結婚して、今はパリに住んでいます」

数年前なら、もっと無邪気に、「うらやましい」なんて思っただろう。今はそれが簡単なことでないことくらいわかる。望んで行ったのだとしても、簡単に帰れない。家族と会えないのは寂しいだろう。

「最後に会ったのは、二年半前の夏です。わたしがフランスに行って、三日間だけですが、一緒にバカンスを過ごしました。そのときは、こんなに会えなくなるなんて思っていませんでした」

そう、二〇二〇年のはじめまで、誰もこんなことになろうとは予想していなかった。

今里さんは続けてこう言った。

「渡航できなくなるだけではなく、連絡もほとんど取れなくなってしまうとは思っていなかったんです」

円が驚いたように言う。

「連絡が取れなくなる?」

それは不思議だ。渡航はできなくても、オンラインのやりとりはできるはずだ。

「一昨年の夏くらいでしょうか。姉に送ったメールの返事がこなくなって、心配でたまらなくなりました。何度かメールを送っても反応がなかったので、もしかしたら新型コロナに感染したのかもしれないと思いました」

そう考えるのも無理はない。その頃の日本は、海外と比べればまだそこまで感染が広がっていなかったが、ヨーロッパは大変なことになっていた。有名な人たちもたくさん感染したと聞く。

「さすがに姉になにかあったら、義兄から連絡があるはずだと思っていました。それだけが心の支えでした。それでも一ヶ月ほど連絡が取れなくて、不安が募って、姉夫婦の家に電話をかけました」

　思わず息を呑んでしまう。

「姉は元気でした。パソコンが壊れてしまったから、メールが受け取れなかったのだと言っていました」

　それを聞いて、瑛子までほっとする。今里さんも心から安心しただろう。

　円が尋ねた。

「お姉さん、携帯電話は？」

「持っていません。特に必要を感じないから。そう言っていました」

　新しくパソコンかタブレットを買ったら、こちらからメールする。姉はそう言って、電話を切ったという。

　だが、何ヶ月経っても、姉からのメールはなかった。今里さんはそう語った。

「三ヶ月に一度くらい、絵はがきだけ届くんです。元気です、とか、そちらは元気ですか？　とか。でも、電話をかけても、あまり長く話してはくれないし、どこか迷惑そうで……、わたしは姉に嫌われてしまったんだと思いました。姉にはもう新しい家族がいる。いつまでもわたしと長時間、インターネットでチャットしたり、毎週のようにメールをやりとりしていたのは、迷惑だったんだなって……」

　円はずっと黙って聞いていた。

「それからは、あまり連絡しないようにしました。わたしも生存確認のための絵はがきを送るくらいで……でも、姉が元気ならそれでいいと思っていたし、またいつか会える日がくると信じていたから……」

今里さんは、絵はがきを手に取った。

「この絵はがきが届いたのは、去年のクリスマスです。読んだとたん、ブレッドケーキというのを食べてみたいと思いました。姉がわたしのことをどう思っているか、わかるかもしれないと思ったんです」

リュブリャナからの絵はがきならば、ブレッドケーキというのが、クリームケーキを指すことに間違いはないだろう。

「すごく、優しい味で、どこか懐かしくておいしいケーキでした。だから、思ったんです。もしかして、嫌われたんじゃなかったのかもしれない。本当に、パソコンが故障して、そのあと忙しくて、メールなどもあまりできなかっただけで、姉は昔のままなのかもしれないって。またいつか、昔のように戻れるのかもしれないって」

「わたしもそうだと思います」

思わず瑛子も言った。たしかに、このブレッドクリームケーキは、今里さんを思わせる部分がある。白くてふわふわしていて、柔らかいのに、忘れがたい味わいがある。

「食べられてよかったです。店長さん、本当にありがとう」

今里さんは、鞄からハンカチを出して、涙を拭った。

前を向いた瑛子ははっとした。円がひどく険しい顔をしていたのだ。

「今里さん、ひとつお伺いしてよろしいでしょうか」

「なんですか?」

「お姉さんの夫は、フランス人なんですよね」

「ええ、そうです」

「彼は、日本語が堪能ですか？」

今里さんは驚いた顔になった。

「え、ええ。そうです。彼は、日本で働いていて、そこで姉と出会い、つきあいはじめました。彼がフランスに帰ることになったから、結婚して、姉も向こうに行くことに決めたんです。ああ、でも、話したり、読んだりはできるけど、書くのは苦手だって言っていました」

漢字を読むところまでは学べても、自分で漢字を覚えて書くのは難しいだろう。

だが、なぜ、円はこんなに真剣な顔をしているのだろう。

「どうしても気になることがあるんです。どうして、この絵はがきにはこう書いてあるんでしょう。『教会から、湖を見る景色にとても心が動かされています』って」

たしかに、少し不思議な言い回しだとは思う。だが、あきらかに不自然なわけではない。

「景色が美しかった。壮大だった。そういうことばでは、表せないような思いを、お姉さんは抱いたのではないかと思います。そして、それを妹さんに伝えたかった」

今里さんは首を傾げた。円がなにを言おうとしているのか、理解できないように見える。

円は、カウンターに置いてあったタブレットを手にとって、なにかを表示させた。

「ブレッド湖って、こういう湖です。スロベニアで教会で湖と言ったら、有名なのはここしかない」

表示されたのは、息を呑むほど美しい写真だった。

広い湖の真ん中に、小さな島があって、そこに教会がある。深い青の湖と、木々に囲まれた白い教会とのコントラストが、まるで絵のようだ。

「きれい……」

今里さんもそうつぶやく。

「ええ、とてもきれいな場所です。でも、この美しい景色は、湖のほとりから教会を見た景色なんです。教会から湖を見た景色ではない」

たしかに言われてみれば、教会から湖を見れば、そこにあるのは湖とその向こうの山だけだ。それも美しいかもしれないけれど、やはり湖のほとりから教会を見た方が、特別な景色が堪能できるのではないだろうか。

「わたしは行ったから知ってます。この教会には手こぎボートでしか渡れない。もしかしたら、お姉さんはそこから見る景色が、今の自分の境遇のように感じられたのでは……」

だとしたら、それはひどく孤独な場所だ。

「どういうこと……？」

円に尋ねる。隣の今里さんに目をやると、彼女はひどく青い顔をしていた。

「二年半前、お姉さんと会ったとき、なにか違和感を覚えませんでしたか？」

「少し……、姉はなにか言いたげで……でも、義兄がずっと一緒にいて、姉とふたりきりでは話せませんでした。でも、なにか言いたければ、メールでもやりとりできると思っていましたし、義兄は人懐っこい人で姉のことが大好きだから、いつも姉と一緒にいたいのだと思っていました」

円が言った。

「もしかして、メールも送る前に夫に読まれていたのかもしれない」

はっとする。円がなにを考えているのか、ようやく瑛子にもわかった。

家庭内でなにかトラブルがあって、夫がその妻を孤立させようとしたとする。最初はメールを検閲し、やがて、自分のいないときにメールを送れないように、パソコンも取り上げる。携帯電話も持たせない。

「お姉さんは向こうで働いていますか?」

今里さんは首を横に振った。

「いいえ、専業主婦です」

だとすれば、夫以外につながりを作るのは簡単ではない。

「家族や妹が心配しないように、絵はがきだけは送っていいと言われたのかもしれない。絵はがきなら検閲するのも簡単です。複雑なメッセージも込められない」

その中での精一杯のメッセージが、この一行だったのかもしれない。

「教会から、湖を見る景色にとても心が動かされています」

自分は今、孤独な場所にたったひとりでいて、この湖を越える方法すら知らないのだ、その思いを込めたのかもしれない。

円はふうっと息を吐いた。

「ごめんなさい。全然見当違いかも。わたしの考えすぎかも」

今里さんはすっくと立ち上がった。

「いいえ！　わたしもずっと違和感があったんです。姉とこんなに距離ができてしまうのはおかしいって。ずっと胸騒ぎがあったんです。でも、姉になにかあると思うくらいなら、嫌われていると思う方が気楽だったから……」

今里さんは続けた。

「わたし、フランスに行きます！」

「ええっ！」

今度は円が驚いている。

「隔離期間を過ごせば、渡航自体はできるから、これから用意して、姉に会いに行きます。義兄が仕事でいない時間はわかっていますし、もし、なにもなく考えすぎだったら、それは笑い話で済むから……」

もし、そこにＤＶなどがあったとき、楽観的に考えて取り返しがつかないことになってしまうかもしれない。

「ありがとうございました！」

今里さんはそう言って会計を済ませると、小走りでカフェを出て行った。

彼女はふわふわのクリームケーキを思わせるような人だけど、甘いだけ、優しいだけではないのだ。

彼女のためのフランセジーニャ

その電話がかかってきたのは、少し暖かさの気配が漂いはじめた、二月の終わりだった。

携帯に表示されたのは、しばらく会っていない叔母の名前だった。

「もしもし、瑛子ちゃん？」

電話に出ると、懐かしい声が聞こえてくる。叔母は若い頃からずっと大阪で暮らしているから、ひとこと話すだけで、大阪の匂いを感じる。

「ひさしぶり、叔母さん」

お互いが元気かどうか確かめた後、叔母が少し黙った。なんの用事もなくかけてきたわけではあるまい。

「あのね。早穂のこと覚えてる？」

「早穂ちゃん？　もちろん」

叔母の娘で、瑛子にとって、年の離れた従姉妹だ。最後に会ったのは、彼女が中学生のときだったか。早口の大阪弁で話す、人懐っこい女の子だった。

「早穂ちゃんは今……」

「二年半くらい前に大学を中退して、カナダに留学しにいったんだけど、新型コロナの影響で、半年くらいでこっちに帰ってきて、あとはアルバイトしたり、ぶらぶらしたり」

ということは、もう二十を過ぎているというわけか。時間が経つのは早いはずだ。

「それでね。早穂がいきなり『東京に行く』って言いだしたんよ」

どうやら、用件が見えてきた。

「なんのあてもないんやけど、上京して、家具付きの安い賃貸物件に入居して、アルバイトしながら、なんか専門学校でも行くとか、なんとか……。ちょっとわたしもさすがに心配で……瑛子ちゃん、あの子がそっち行ったら相談にのってあげてくれへん？」

「それは全然問題ありませんけど……」

二十歳そこそこの女の子が、土地勘もない場所で、ひとりで部屋を探すのは心配だ。

「家が見つかるまでうちにきてもいいですよ。狭いからリビングに布団敷いて寝てもらうことになるけど、少しは落ち着いて探せるだろうし」

瑛子なら東京の土地勘もあり、相場もわかるから、一緒に物件を見に行くこともできる。

「いやっ、ほんま？　めっちゃ助かるし、それなら安心やわ……。今、早穂は出かけてるから、後で電話させるわね」

その後も、少し話をして電話を切った。

早穂からの電話は、夕食後にかかってきた。

「瑛子ちゃん？　ご無沙汰してます」

記憶にあるよりも、少し大人びた声。だが間違いなく早穂のものだ。

「母から聞いたけど、ほんまに泊まっても大丈夫？」

「うん、リビングで寝てもらうけど……」

「全然平気、じゃあ、来週から行ってもいい？」

もっと先のことかと思っていたが、ずいぶん急だ。まあ、今は家で仕事をしているし、感染者も多いから、出かける予定はない。今週中に掃除をして、布団を干しておけばいい。

「でも、カナダに留学ってすごいね」

「ちゃうねん。お母さん、見栄張ってそう言うてるけど、ワーホリで行ってて、向こうで語学学校に通ってただけ。だから帰ってくるのも簡単やったわけやけど……」

ワーキングホリデー制度が使えるのは、三十歳までで、すでにその年齢を越えてしまった瑛子には、そんな謙遜すらまぶしい。二十代のときは、仕事と、お金を貯めて自分のマンションを買うことにばかり必死になっていたけど、もっといろんな体験をしてみればよかったと思う。

もっとも、途切れることなく、正社員として仕事を続けていられるのはある意味ラッキーだとはわかっている。瑛子は電話の向こうの彼女に言った。

「じゃあ、ひさしぶりに会えるのを楽しみにしてるね」

東京駅まで迎えに行こうかという提案を、早穂は断った。

東京は何度か行ったこともあるし、住所さえわかれば、スマホで行き方はわかるというのがその理由だった。

なんとなく、その身軽さと自由さがうらやましいと、また思ってしまった。

玄関に現れた早穂は、巨大なスーツケースを持っていた。

身長は、瑛子が覚えている中学生の頃の彼女と同じくらいだが、きれいになったし、雰囲気が垢抜けている。ショートカットで、素顔のままだが、若さで内側から輝いているみたいだ。

「瑛子ちゃん、お世話になります」

そう言って、彼女はスマートフォンの画面を瑛子に向けた。

「なに？」

「ＰＣＲ検査の結果。三日前に受けたけど、陰性だから大丈夫」

瑛子の家にくるから、わざわざ受けたのだろうか。

今、東京でも大阪でも感染者は恐ろしいほど増えている。今年に入ってからも、何人も知り合いが感染した。

死者もどんどん増えていくのに、みんなそのことに慣れていて、ふとしたときに怖くなる。なによりも怖いのは、瑛子ですら慣れはじめていることだ。

「ともかく、疲れたでしょ。入って」

「お邪魔します」

早穂はスーツケースを玄関に置いたまま、中に入った。

そういえば、家に人を招くなんてひさしぶりだ。

「コーヒー飲む？　それとも紅茶？」

「あ、じゃあコーヒー」

早穂は、なぜかソファの横に正座した。

「ソファに座ってよ。床になんか座らないで」

「実は、ちょっとご相談がありまして……」

「相談？」

「部屋より先に仕事、探していい？」

急な質問に、瑛子は目をぱちくりさせた。

「先に部屋を探して、そこから通える仕事を探すより、先に仕事を見つけてから、そこから通いやすいところに家を探す方が、効率的じゃない？　もちろん、瑛子ちゃんが迷惑なら、マンスリーマンションにでも移ります。家にいる間は、食費や光熱費もちゃんと払うし、家事もやるから」

つまりは、部屋を先に探すよりも長い間、うちにいるかもしれないということだ。

だが、そう聞いても嫌な感じはしない。ただ好意に甘えるだけではなく、きちんと条件を提示しているし、瑛子から断られることも想定している。

ただ、なし崩しに居座ろうと考えているわけではないことがわかる。

それに、たしかに仕事を決めてから、部屋を決める方がいいに決まっている。通勤時間は短い方がいい。

「叔母さんは、専門学校に行くって言ってたけど、そっちは決めたの？」

そう尋ねると、早穂は首を横に振った。

「まだ。というか、なんの専門学校に行くかも、まだ決めてないし、とりあえずお金貯めながら考えようかと思ってる」

のんきだなあと一瞬思ったが、すぐに考え直す。彼女は、この新型コロナのパンデミックで、予定の変更を余儀なくされたのだ。

今すぐに方向転換できなくても無理はない。

東京に出る理由が、「ただ地元にいたくない」というだけだったとしても、その気持ちは痛いほど、瑛子にもわかるのだ。

「わかった。仕事と部屋が決まるまではいていいよ」

そう言うと、一瞬暗くなっていた早穂の顔がぱっと明るくなった。

「本当？　ありがとう。瑛子ちゃん！　ほんま助かります」

たぶん、瑛子も少し人恋しかったのだろう。気持ちが少しだけ、外に向かって開くのがわかった。


早穂はよいルームメイトだった。

掃除や洗濯も率先してやってくれるし、食事の後も、ささっと片付ける。料理を作るときは、冷蔵庫の食材を使っていいか、瑛子に尋ねる。出かけるときは、帰りが何時くらいになるのか、だいたいいでも伝える。帰る間際には、メッセージを寄越して、なにか買うものがあるか尋ねてくる。

どうやら、かなり共同生活に慣れているようだった。もちろん、しばらく会ってなかった相手と一緒に暮らすのだから、気になってしまうことがあっても、そう言えば、すぐに改善してくれる。

一度、尋ねてみた。

「共同生活の経験あるの？」

「大学が京都だったから、家から通うのがちょっと遠くて、シェアハウスに住んでたし、カナダでも、家賃が高くてルームシェアしてたし」

なるほど、そのせいか。瑛子にとっても勉強になった。いきなり、誰かと一緒に住むことになっても、早穂みたいにうまくやれるとは思えない。

「だから、次もシェアハウスでもいいんだけど、いい加減、自分ひとりで生活することも覚えなきゃなあとも思ってる」

たしかに、シェアハウスだと、人任せになってしまうスキルもあるかもしれない。

気遣いと、まめに家事をするところから、早穂はコミュニケーション能力も高く、仕事もできるであろうことは、想像がつく。

だが、肝心の仕事がすぐには見つからない。

スーツを着て、オンラインで面接を受けたりもしているが、なかなかよい結果につながらないらしい。

仕方がない。なんたって、この時期だ。ただでさえ、女性の仕事は接客業が多くなりがちだ。

そして、コロナ禍でいちばん打撃を受けるのも接客業なのだ。

きたばかりは、明るかった彼女の顔が、少しずつ曇っていくような気がした。


その日の朝、近所を一走りしてきたらしい早穂が、帰ってきて言った。

「瑛子ちゃん、今日はわたし、家にいるから夕食、なにか作ろうか？」

パスタだとか炒飯だとか、韓国式のチゲとか、彼女はこれまでもいろいろ作ってくれた。手の込んだものではないが、なかなかの料理上手だ。

瑛子は少し考えた。

「それもいいけど、たまにはカフェにでも食べに行かない？」

早穂は眉間に皺を寄せた。

「うーん……行きたいけど、あんまり無駄遣いできないし……」

「大丈夫。お姉ちゃんが奢ってあげます」

「本当？　やったー」

早穂は気遣いはするが、遠慮はほとんどしない。人の好意は素直に受け取るタイプで、年上に可愛がられるだろうなと思う。

贔屓目抜きに、気遣いができて人懐っこいタイプの早穂のような新人がきたら、大当たりだと喜ぶ。だからこそ、彼女が職探しで苦労していることが理不尽に思えて仕方ない。

「近所に、わたしの好きなカフェがあるんだけど、そこでいい？」

「もちろん！」

家にいるとき、よく旅行番組とか、海外の動画などを見ているから、たぶんカフェ・ルーズも気に入るのではないかと思っていた。

午後六時、瑛子の仕事が終わってから、早穂に声をかける。

彼女はリビングのソファで履歴書を書いていた。

「何時くらいに出る？」

「いつでも大丈夫。別にめっちゃおしゃれして出かけないといけない感じやないんでしょ」

その言い方に少し笑ってしまう。

「うん、普段着で大丈夫」

軽く身支度をしてから、ふたりで出かける。

これまでは、あまり彼女に職探しのことは尋ねないようにしていた。うまくいかないときに年上の人から質問されると、責められているような気分になってしまうだろう。

でも、家ではなく、カフェのような場所なら、少しは彼女の抱えている不安も聞き出せるかもしれない。

思っていた通り、早穂はメニューを見て目を輝かせた。

「えー、どれもおいしそう。バインミーも大好きだし、ゆで卵のカレーも食べてみたい……。ビーツを使ったボルシチも食べたことない！」

早穂は目を見開いて、メニューを熟読している。

「デザートもどれもおいしそう。やっぱり、東京は素敵なお店がたくさんある……」

ライムを浮かべた水を持ってきた円に、瑛子は早穂を紹介した。

「年が離れているけど、従姉妹なの。大阪から出てきて、今、うちにいるの」

早穂はぺこっと頭を下げた。

「居候させてもらってます」

前から疑問に思っていたことを早穂に尋ねる。

「そういえば、カナダの名物料理ってどんなのがあるの？」

メープルシロップとか、サーモンとかはイメージできるが、カナダ料理というものはあまり想像できない。

早穂もうーん、と首をひねった。

「スモークミートのサンドイッチとか？　いた期間も短かったし、お金なかったから、ほとんど外食しなかったし、あんまりよくわからないんだよね。あ、でもベーグルはおいしかった」

短かったといっても、半年もいたはずなのだが、観光で行ったわけではないとそんなものなのだろうか。

「自炊とルームメイトの作る料理ばかり食べてたなあ。たまに外食しても、サンドイッチか中華とかベトナム料理とか……。あ、プーティンとか」

「プーティン？」

はじめて聞く食べ物の名前だ。

「フライドポテトにグレービーソースとチーズをかけた料理。ボリュームがすごいけど、おいしいよ」

それは聞くだけで、カロリーが高そうで、そしておいしそうだ。

「でも、懐かしいのは、ルームメイトだったヨンソが作る韓国料理とか、サラが作るポルトガル料理かなあ……」

同世代の女性三人でルームシェアしていたという話は前に聞いた。早穂が作ってくれる韓国料理はそのヨンソさんから教わったのだという話だった。

「ふたりとも地元に帰ったの？」

そう尋ねると、早穂は首を横に振った。

「ヨンソは帰って、今はソウルにいるけど、サラはポルトガルには帰らず、カナダに残った」

アジア人に対する差別も苛烈化していたという話を聞いた。帰ることを決めるにはそういう理由も関係していないとはいえない。

「でも、もう少し踏ん張ればよかったかな、と思ってる。カナダで働けなくなると困るから帰ってきたけど、結局、自分の国でも仕事は見つからないわけだし……」

そう言われて、なんて答えていいのかわからなくなる。大丈夫だよ、などと、気軽に言えるような問題ではない。

注文を聞きにきた円が尋ねる。

「カナダのどこにいらっしゃったんですか？」

「モントリオールです。いいとこで、大好きだったんですけど」

「モントリオールだったらフランス語圏ですよね。フランス語を勉強されてたんですか？」

カナダにはフランス語圏の地域があるとは知っていたけど、早穂が滞在していたのが、その地域だとは知らなかった。

早穂が答えた。

「英語学校もあるんですよ。英語とフランス語が両方勉強できると聞いて、行くことにしたんだけど、半年で帰ってきたからどっちもあまりできなくて。長くいられないなら、どっちかにしたらよかったかなと思ってるんです」

早穂は今でもオンラインでの英語のレッスンを受けている。

語学ができれば、多少は仕事の幅も広がるのではないかと思うが、今はホテルなどの求人も少ないだろう。瑛子が就職活動をしていた時代とはなにもかもが違いすぎる。

早穂は、ゆで卵のカレーを注文し、瑛子はボルシチを注文することにした。

「専門学校の方も、まだ考えてる？」

そう尋ねると、早穂は首を横に振った。

「一応、考えてるけど、とりあえずは足下を固めないと……正社員は無理でも、長期でフルタイムの仕事を見つけて、そのあと夜間か通信でなにか勉強するのがいいかなあと思ってる」

水を一口飲んでためいきをつくようにつぶやく。

「せめて、なにかやりたいと思えるようなことがあったら良かったのに……」

静かな口調だが、心からの悲鳴のように思えて胸が痛む。

瑛子だって、すごくやりたいことがあったわけでも、積極性があったわけでもない。多くの人はそんなものではないだろうか。

ワーキングホリデーでカナダに出かけていった早穂は、行動力がある方だと思う。たまたま、パンデミックと重なりさえしなければ、やりたいことを見つけられたかもしれない。

円が、カレーとボルシチを運んでくる。

「わあ、おいしそう！」

スプーンを手に取った早穂は、なにか思い出したように、円に言った。

「そういえば、店長さん、フランセジーニャって知ってます？」

「えーと、ポルトで有名なサンドイッチですよね」

円は即答した。

「さすが。ルームメイトだったポルト出身の人が言ってたんです。いつか、ポルトのフランセジーニャをわたしに食べさせたいって。イースターの休暇に、彼女と一緒にポルトに旅行して、食べるのを楽しみにしていたのにな……」

ポルトはたしかポルトガルの都市だ。リスボンよりも北の方にある。

「日本でもポルトガル料理の店は増えましたけど、メニューに載せているところは少ないんじゃないかなあ。カフェでその一皿をがっつり食べるような料理ですもんね」

イメージできずに、首を傾げていると、円が付け加えた。

「サンドイッチなんですけど、イメージ的にはお好み焼きとか……そんな感じの庶民の味ですね」

たしかに日本料理の店でお好み焼きが出てくることはあまりないだろう。

ポルトガル料理は何度も食べたことがある。シーフードがたくさん使われていて、おいしかったし、お米を使った料理も多かった。どこか親しみのある料理だった気がする。どんなサンドイッチなのだろう。

円が言った。

「予約してくださったら、作れますよ」

「えっ、食べたい！」

早穂より瑛子がそう言ってしまった。円が柔らかく笑う。

「すごーくボリュームありますよ。お腹空かせてきてくださいね」


帰り道、早穂が思い出したように言った。

「そういえば、語学学校のクリスマスパーティに、お好み焼き作って持って行ったんですよ。めっちゃ好評でした」

「ソースとかはどうしたの？」

「食べたくなるかなあと思って日本から持っていったんです。そのとき、カナダでお好み焼き屋やろうかなと思ったんです。作り方や具によって、ビーガンの人でも食べられるようにできそうだし……。まあ、資金とかのこと考えると、ハードル高いですけどね。宝くじとか当たらないかなあ。買ってないけど」

昼間は暖かくなったけど、夜はまだ冷える。コートの前を合わせて、早穂がつぶやいた。

「帰りたいなあ……」

大阪にではないことはわかる。大阪ならすぐにでも帰れる。仕事も決まっていないし、家も契約していない。

スーツケースを持って、明日にでも東京を出て行くことができる。

彼女が帰りたいのはカナダなのだ。半年しかいなくても、そこは彼女の帰る場所になっている。

だが、今は簡単ではない。いつこの、パンデミックが終わるかもわからない。

ふいに思った。だから、彼女は足踏みを続けているのだろうか。

叔母から電話があったのは、ちょうど瑛子が出社しているときだった。

「瑛子ちゃん、早穂、まだ瑛子ちゃんのところにいるんやて？　ほんま迷惑かけてごめんな」

「いいえ、早穂ちゃん、掃除とか洗濯もやってくれるし、全然迷惑じゃないです」

今日も、家でプデチゲを作って待っていてくれると言っていた。彼女のプデチゲはおいしいから、いつも食べ過ぎてしまう。

最初に家にきてもいいと言ったときは、ひさしぶりに人と暮らすことになったら、ストレスが溜まるかもしれないと覚悟をしていたが、実際はむしろ、学生時代に戻ったようで楽しい。もちろん、その楽しさは、早穂が細やかな気配りをしてくれているおかげだということは理解している。

「ほんま、行き当たりばったりな子やねん。悪い子やないんやけどねえ」

「いい子ですよ。早穂ちゃん」

知り合いに従業員を探していると言われたら、胸を張って紹介するだろう。こんな時期でなければ、と、いつも思う。

「あんなに頑張って、芸大に入ったのに、すぐにやめてまうしねえ。飽きっぽいんかなあ……こんなことで大丈夫か心配やわ……」

それを聞いて、驚く。

「えっ、早穂ちゃん、芸大に行ってたんですか？」

「早穂、話してないの?」

叔母が口にしたのは、瑛子でも知っている大学の名前だった。簡単に入れるわけではない。いや、どんないい大学でも、行ってみて違うと感じることはあるだろう。不思議なのは、彼女がまったくそれを口にしないことだ。美術に興味があるようなことさえ口にしない。

「なにを勉強していたんですか?」

「油絵。描きかけの作品とかもあるんやけど、今はもうほったらかしやわ。留学から帰ってきたら、またやる気になるかと思ってたんやけどねえ……」


彼女が、「やりたいことが見つからない」と言うのは、ただ、それに巡り会っていないからではないのかもしれない。彼女は、それを失ってしまったのだ。


ドアを開けると唐辛子と発酵食品の匂いがした。和食にも、西洋料理にもない香り。匂いだけで韓国料理とわかる。

「お帰り、瑛子ちゃん」

カセットコンロの上で、ぐつぐつと鍋が煮えている。

家に帰ってすぐ食事ができるなんて、あまりにありがたすぎる。

「わあ、おいしそう」

ご購読ありがとうございます。下記の項目についてお答えください。
ご記入いただきましたアンケートの内容は、よりよい本づくりの参考とさせていただきます。その他の目的では使用いたしません。また第三者には開示いたしませんので、ご協力をお願いいたします。

書名（　　　　　　　　　　　　　　　　　　　　　　　　　）

●本書をお読みになってのご意見・ご感想をお書き下さい。

※お書き頂いたご意見・ご感想を本書の帯、広告等（文庫化の時を含む）に掲載してもよろしいですか？
1. はい　2. いいえ　3. 事前に連絡してほしい　4. 名前を掲載しなければよい

●ご購入の動機は？
1. 著者の作品が好きなので　2. タイトルにひかれて　3. 装丁にひかれて
4. 帯にひかれて　5. 書評・紹介記事を読んで　6. 作品のテーマに興味があったので
7. 「小説推理」の連載を読んでいたので　8. 新聞・雑誌広告（　　　　　　　　）

●本書の定価についてどう思いますか？
1. 高い　2. 安い　3. 妥当

●好きな作家を挙げてください。
（　　　　　　　　　　　　　　　　　　　　　　　　　）

●最近読んで特に面白かった本のタイトルをお書き下さい。
（　　　　　　　　　　　　　　　　　　　　　　　　　）

●定期購読新聞および定期購読雑誌をお教えください。
（　　　　　　　　　　　　　　　　　　　　　　　　　）

「食べて食べて」

プデチゲは、漢字で書くと部隊チゲ。ハムやスパム、チーズ、インスタントラーメンなどを具にした鍋で、韓国では人気料理だと聞く。ジャンクな味ではあるが、野菜をたくさん食べられるし、とてもおいしい。早穂が作ってくれてはじめて食べたが、これはハマりそうだ。

最初からインスタントラーメンを割り入れて、一緒に食べる。キムチの味とスパムがとても合う。

「おいしい！　疲れが取れるわー」

早穂は、ごはんの上にスパムとラーメンをのせて食べている。若さがうらやましい。

ある程度食べ終えてから、切り出してみた。

「早穂ちゃん、絵を描いてたんだってね」

早穂は苦い顔をした。彼女が触れられたくないと思っていたところに触れてしまったことに気づく。

「まあね。高校のときまでは、クラスでも美術部でも上手い方だったわけよ。アーティストになれるかな、と思ったりして」

冗談めかして彼女は笑う。

「でもさ、大学行ったら、みんなわたしより、上手いの。クリエイティブで、才能にあふれていて、きらきらしている。自分の描いたものがどんなにありふれてて、つまんなくて、ヘタクソだったか、思い知らされた。ヤバイよ」

「そんな……」

「でもさ、いちばんあかんのは、ヘタクソでも、石にかじりついてでも絵の世界に残ってやるという気持ちが持てない自分だったと思った。美術教師になったり、美術館で働いたりしてでも、絵と関わり続けていきたいと思えないほど、絵を愛してないわたしだと思った。結局、自分が上手いと思いながらじゃないと描けないんだ、と、気づいて、本当に自分が大嫌いになった」

彼女はテーブルに頬杖をついた。

「たぶん、わたしが憧れてたのは、日本を出て、外国で、アーティストとして活躍することやったんよね。薄っぺらで嫌になるわー。だから、それが難しいと気づいたとたんに、絵を描く情熱がなくなってしまった……」

思い切って言ってみた。

「でも、カナダにいるときは楽しかったんでしょう」

「まあ、その間は前に進まなくていいからね。気が楽やった。そんなふうに、語学とかスキルを磨いているうちに、なにか見つかればいいとは思ったけど、そんな簡単やなかった」

そして、彼女は今も迷っている。

なんと答えていいか、迷っていると、彼女はぱっと笑った。

「あ、でも、今日、ひとつ面接が決まったから、それを頑張る。契約社員だけど、やりがいはありそうだから……」

すべての人が思い描く自分になれるわけではない。瑛子だってそうだ。

若い頃はもっといろんなことができると思っていた。今の自分に満足していないわけではないけど、十代の自分が今の瑛子を見たら、がっかりしそうではある。

だから、気持ちを込めて言った。

「うまくいくといいね」


週末、カフェ・ルーズでフランセジーニャを食べさせてもらう約束をしていた。

瑛子と早穂は連れだって出かけた。面接は好感触だったという話を早穂から聞いて、少しほっとした。

彼女の気配りや、頭の良さ、優しさはどんな場所でも活かせるはずだし、雇う側がそれに気づいてくれればいい。

「こんにちは！」

早穂は元気よくカフェ・ルーズのドアを開けた。

「いらっしゃいませ。お腹空かせてきました？」

円が優しく笑う。土曜日で、少し混んでいるから、カウンターに座らせてもらう。

すでに準備を済ませていたのか、すぐに大きな皿が早穂と、瑛子の前に置かれた。

「なにこれ？」

思わず声を上げた。サンドイッチだと聞いていたが、サンドイッチのイメージとは全然違う。

四角いなにかが皿にのっていて、たっぷりと溶けたチーズがかかっている。更にその上に目玉焼き、トマトソースのようなものがかかっていて、まわりにはフライドポテト。

ナイフを入れて気づいた。四角いものはパンだ。そして、パンの中には、サラミやソーセージや焼いた牛肉が挟まっている。

ボリュームがあると円が言っていた理由もわかる。だが、とてもおいしそうだ。

ナイフとフォークで口に運ぶ。ソースはトマトがベースだが、複雑な味がして、とてもおいしい。

たしかにこれは気取らない庶民の味だ。お好み焼きを思わせるのは、小麦粉と卵と肉と、ソースという組み合わせのせいだろうか。

「お肉がたくさん入っててておいしい！」

早穂がうれしそうに言う。たしかに、これは若い人に喜ばれる味だ。瑛子は少し食べきるのに苦労しそうだが、おいしいことには違いない。早穂が尋ねる。

「でも、これ、どうして、フランセジーニャって言うんですか？　フランスになにか関係あるんですか？」

円がふふっと笑った。

「これ、実はフランスに出稼ぎに行ってた人がクロックムッシュを食べて、それを地元に帰ってアレンジしたそうなんです」

「クロックムッシュ！」

クロックムッシュと言えば、トーストにハムやチーズなどがのっている料理だ。手の込んだものはベシャメルソースなどもかかっている。

クロックムッシュもおいしいが、フランセジーニャはクロックムッシュよりも、ずっと肉の存在感が大きく、食べ応えがある。

「たぶん、ポルトの人にとっては、クロックムッシュは少し頼りないんじゃないでしょうか。だから、肉をたくさん挟んで、チーズももっとたっぷりにして、バランスを取るためにトマトベースのソースをかけた」

たしかに、トマトソースの酸味のおかげで、ソーセージやサラミなどがおいしく感じられる。ベシャメルソースはフランセジーニャにはあまり合わないだろう。

フォークを握りしめた早穂がつぶやいた。

「わたし、ルームメイトのサラに言ったんです。わたしの夢は、もしかしたら海外に住むことだけだったのかもしれないって。薄っぺらなイメージだけの夢を、絵を描くということに託していたのかもしれないって。サラはそれだって、夢や目標には変わりないでしょと言ってくれたけど、わたし、それはただの慰めだって思っていた」

だから、サラは、早穂にフランセジーニャを食べてほしかったのかもしれない。

場所が変わるだけで、こんなにもなにもかもが変わる。

「自分がどんなふうに生きたいか決めていいのは、自分だけだと思います」

円はそう言った。

「最初はイメージだけでも全然かまわないと思うし、夢は少しずつ、現実と相談して軌道修正していけばいいんです」

円はカフェを開くという夢を実現させた。それに関しては、口さがないことを言う人もいただろうし、瑛子自身が水を差すようなことを言ってしまった過去があって、後悔している。

早穂はナイフとフォークで、フランセジーニャを大きく切り取り、ぱくりと食べた。もぐもぐと力強く咀嚼する。

「うん、わたし、やっぱりカナダに帰る。今すぐは無理でも、それを目標にする！」

円は微笑んだ。

「カナダは移民国家ですし、方法はあると思いますよ。若い方が永住権を取得できる可能性は高いそうです」

ならば、早穂にはまだ可能性がある。


採用の知らせを受けて、早穂は大喜びしていた。

さっそく、通勤に便利な場所に部屋も見つけた。瑛子はちょっと寂しいような気分になる。

「また、遊びにきてね」

「もちろん、しょっちゅうくるよ！　またきたんか！　って言われるくらい」

彼女のこの明るさは、大きな武器だ。まるでフランセジーニャみたいに頼もしい。

早穂はまた美術の勉強をはじめると言う。働きながら通信教育で大学に行き、この先のことを考えるそうだ。

「アートキュレーションとか、勉強してみたい。もう一度、絵と仲直りしたい」

それが、彼女の笑顔につながる道ならば、瑛子も応援する。

うまくいかなければ、また軌道修正すればいいのだ。

鳥のミルク

三年前の瑛子にこう言う人がいたら、瑛子は一笑に付しただろう。

来年から、何年もの間、深刻な感染症が世界中で流行、日本でも何万人もの人がそれで死ぬんですよ。おまけに、それが二年続いた後、ヨーロッパで戦争が起きて、毎日戦場のニュースが流れますよ、と。

もちろん、戦争はこれまでも起きていた。アフガニスタンや、シリア、ウクライナでも八年前にクリミア地方をロシアが併合してしまうという事件が起きている。自分があらためて、そういうことに無関心であったことを突きつけられたような気持ちだ。

他の国の戦争や内戦の話を、瑛子は遠い世界のことのように感じていた。だが、少し前まで、平和なように見えたウクライナにロシアが侵攻したことにはショックを受けた。

その前に起きていたことも、同じだったのかもしれない。「内乱のある国だから。テロとの戦いだから」と切り分けてしまっていたことを、今になって後悔する。

せっかく春になり、桜が咲いているのに、少しも晴れやかな気持ちにならないのは、陰鬱なニュースばかり目にしているからかもしれない。

瑛子はまだ、感染症に対する不安も感じ続けている。もし感染して、後遺症などが残ってしまったらと思うと、怖くて仕方がない。

働けなくなってしまえば、どうすればいいのかわからない。頼るパートナーもいないし、親には頼りたくない。

それなのに、当たり前のように歓送迎会の知らせが回ってきたり、飲み会に誘われたりすることにも戸惑いを感じる。世界が分断されたのか、ただもともとあった分断が、表に出てきただけなのか。

人と話す機会がどんどん減っているのに、もやもやだけが蓄積していく。

だから、そんなとき、瑛子はカフェ・ルーズに足を向ける。


その日のカフェ・ルーズは空いていた。

テーブル席には、瑛子より少し若いくらいの女性ふたり客がいるだけだ。平日の二時、ランチには遅く、午後のおやつには少し早いくらいの時間だから、こんなものかもしれない。

女性客は、ふたりとも白いナチュラルな雰囲気のワンピースを着ていて、友達なんだな、と、見当がつく。年齢も同じくらいだが、片方が明るい色に染めたウェービーヘアで、もう片方がショートボブだ。

示し合わせたわけでもないのに、なんとなく友達同士の服装が似てくるのは、瑛子にも経験がある。もしくは好みの合う同士が仲良くなるからかもしれない。

まだ昼食を取っていなかったから、ファラフェルサンドとミントティーを注文する。ひよこ豆で作ったコロッケとたくさんの野菜をピタパンに挟んだもので、キッチンカーのために作ったメニューが好評だったので、カフェでも出すことにしたと聞いた。

菜食の人でも食べられる料理だから、固定ファンがいて、テイクアウトでも人気だと、円は言っていた。

たしかに、完全菜食なのに、ひよこ豆のコロッケのせいか、腹持ちが良く、お腹がいっぱいになる。キャベツやきゅうり、にんじんなどのサラダをたくさん挟んでいるから、身体にも良さそうだ。

イスラエルや、アラブ諸国などでよく食べられていて、そこからフランスやドイツなどでもよく見かけるストリートフードになったらしい。

円が調理をしている間に文庫本を広げたが、ふたりの女性たちの会話が聞こえてくる。

「やっぱり向いてないのかなって思って……」

「そんなことないよ。わたし、タニのイラストとても好きだよ。続けてほしいと思ってる」

「でも、社内報のコラムにつけるイラストとか、ウェブの星占いみたいな仕事しかこないし……」

「そんなこと言わないでよ。わたしだって、星占いやってるよ」

「一緒にしないでよ。ミドリは、もっとすごい仕事もやってるでしょ。企業とのコラボとか……」

わたしはそれだけなんだよ」

音というのは、やっかいだ。耳栓でもなければ、遮断することはできない。なんとか本に集中しようとしていたとき、円がファラフェルサンドを運んできた。ピタパンからあふれそうなくらいに野菜とひよこ豆のコロッケが詰まっている。

ミントティーはドライハーブではなく生のミントがたっぷり使われている。ミントは、円自身がベランダで栽培しているらしい。一ヶ月くらい前に彼女はこう言っていた。

「旅行にあまり行けなくなったから、代わりに育てるハーブを増やしました。ミントはぐんぐん育ってくれてありがたいです」

耐熱グラスに生のミントの葉をたっぷり入れて、そこに緑茶を注ぐ。北アフリカ風のミントティーらしい。本場では甘くするらしいが、甘くなくても爽やかでおいしい。

ふと、前から気になっていたことを尋ねてみた。

「ロシア語ってまだ習ってる?」

円は首を横に振った。

「今は中断しています。わたしがオンラインで教わっていた先生は、ウクライナの人でキーウに住んでいたんです」

思いもよらない返事で、瑛子ははっとした。

ロシア語を教えているからといって、ロシア人と限ったわけではないのだ。

「ウクライナでも三割くらいの人は、ロシア語を第一言語にしているそうなんです。わたしの先生は、お祖父さんがロシア人だと言っていました」

ウクライナには親戚や家族がロシアにいるという人も多いと聞いた。そんな近しい関係なのに、侵攻や虐殺が発生してしまうなんて、考えただけでも胸が痛む。

「先生は避難しているの?」

「今はリトアニアのビリニュスにある友達の家にいるそうです。でも、できるだけ早く戻りたいって」

瑛子自身は、東京に強い思い入れを抱いているわけではない。仕事があるからここにいるというだけだ。だが、それでもこの土地には、頑張って買った自分のマンションもある。友達もいる。カフェ・ルーズをはじめとする大好きな店だってたくさんある。

それらがすべて暴力によって破壊されてしまうことを考えると、絶望感でいっぱいになる。耐えられないとさえ思う。

耐えられないと思うこと自体が特権的なのだということは、わかっている。今、その状況にある人たちなら、耐えられるか耐えられないかなど考えることはできない。

地震なら、日本で生きる人間はどこか覚悟をしていると思うし、誰が悪いわけでもない。だが、戦争はまた全然違う。

「ロシア語の勉強は続けたいと思っています。ロシアの人の中でも戦争に反対している人はいるし、政府のプロパガンダを信じてしまうのは、彼らだけが悪いんじゃない。でも、今、新しい先生を探すのは少し気が重いので、先生の身辺が落ち着くまでは、独学で続けようかと思っています。まあ、独学だとついサボってしまうんですけど」

それは瑛子にもわかる。自分ひとりで勉強をするのは簡単なことではない。

そんな話をしていると、新しい客がやってきた。円が水を持っていったから、瑛子も食事に戻る。

ファラフェルサンドには胡麻のようなソースがかかっていて、それが濃厚でおいしい。今日は、揚げた茄子が入っている。

また女性たちの声が聞こえてくる。

「じゃあ、タニはもうイラストレーターやめるの？　ずっと昔からの夢だったのに……」

「だって、ミドリみたいに才能ないし」

「才能なんてわかんないよ。専門学校の時は、タニの方が先生に褒められていたし。これからタニの方が売れるかもしれないのに」

好奇心に駆られて、ちょっとだけ振り返って見た。タニと呼ばれている方がショートボブで、ミドリと呼ばれている方がロングのウェービーヘア。呼び方が、いかにも学生時代からの友人という感じがする。

タニと呼ばれている人は、谷崎とか谷山とかそういう姓なのだろう。ミドリの方は姓ではなく名前で呼ばれているのか。

「わたしの方が長くやってるんだから、そりゃあいろんな仕事はしているけど、もうちょっと頑張ったらタニだって、きっと売れるよ。わたし、タニのイラスト大好きだし、そう信じてる」

熱っぽくミドリさんが語れば語るほど、タニさんは無口になっていく。どこか痛々しいと思った。

おそらく話の内容からすると、同じイラストレーターで、ミドリさんの方がいろんな仕事をして、人気があるのだろう。タニさんは、納得できない仕事しかできずにもうやめたいと思っている。

自分ならどうするだろう、なんて考える。

もし、自分がやりたい仕事をもっとうまくできる友達がいて、自分が挫折したときに、その子が「きっとうまくいくよ」と励ましてくれたなら。

もちろん、最初はうれしいはずだ。励まされて、頑張ろうと思えるだろう。だが、それがずっと続くのなら、いつかは息苦しくなってしまう。

事実、声のトーンからすると、タニさんは励まされているようには見えない。

結局、自分がどうするかは自分で決めるしかない。「きっと売れるよ」と言われても、売れなかったときどうすればいいのだろう。

若いうちなら、ストレートな応援で力を得ることができたのかもしれない。

今はできることを、頑張るしかないと思っている。諦めることもひとつの進歩ではないのだろうか。

そんなことを考えていると、円がやってきた。ホールのチョコレートケーキのようなものを手にしている。

「これ、新作なんです。『鳥のミルク』というケーキです」

「鳥のミルク？」

「ロシア語だとプチーチェ・マラコー。でも、ロシアだけではなく、チェコとかポーランドとか、ウクライナでも食べられているそうです」

「鳥のミルク」なんて、不思議な名前だ。鳥は乳で雛を育てるわけではない。ミステリアスな名前に興味が湧いてくる。

「じゃあ、一切れもらおうかな」

「ぜひ！　おいしいですよ！」

円は笑顔でそう言った。ホールケーキにナイフを入れて、一切れ切り分ける。

チョコレートがかかっているのは、表面だけだ。中は白いムースとスポンジが層になっている。見たことのないケーキだが、とてもおいしそうだ。

ミントの葉を飾り付けた「鳥のミルク」が前に置かれる。

フォークを入れると、とても柔らかい。口に運ぶと、甘い風味が広がる。ムースはカスタードだろうか。優しいケーキの味に、表面にかけたチョコレートがアクセントになっている。

「おいしい！　ふわふわで柔らかくて優しい味で……」

「でしょう。わたしも先生に教えてもらって、すっかり気に入りました」

尖ったところのない優しい味だから、日本人の好みにも合うだろう。でも、どうして「鳥のミルク」という名前なのだろう。

円は、他の客に呼ばれて行ってしまった。戻ってきたら、名前の由来を聞こう。そう思ったときに、また彼女たちの会話が聞こえてくる。

「もう止めないで。わたしはもうやめることにしたの。別にそれで生活に困るわけじゃないし。ダンナに養ってもらうし」

タニさんの声だった。怒りを孕んでいるのがわかる。ミドリさんは言いすぎたのだろう。相手を励ますためのことばでも、怒らせてしまうことはあるのだ。

「そんな……」

さすがにミドリさんも黙った。やがて小さくつぶやいた。

「ずるいよ……そんなの」

タニさんはなにも答えなかった。

不思議な気がした。ちょっと話を聞いただけだが、自分で自分の道を決めるのは、決してずるいことではない。だが、彼女がそう言うのには、他に理由があるのだろうか。

タニさんが大きな音を立てて、席を立った。

「ごめん。わたし、ミドリみたいにうまくやれないから。もう放っておいて」

強い口調で、こちらも震え上がる。そのまま彼女はカフェ・ルーズを出て行った。

盗み聞きしてしまった瑛子が悪いのだが、なんだかこちらも暗い気持ちになってしまった。

自分には関係ない会話を頭から追い出し、目の前のおいしいケーキに集中することにした。

カスタードの甘いムースは、舌の上でとろけ、ほんの少しだけチョコレートの余韻が残る。やはりとてもおいしい。

円は戻ってくると、そのまま厨房に入ってしまった。ミドリさんが、レジのところにやってくる。

「すみません。うるさくしてしまって」

「いえいえ、別にそんなことありませんでしたよ」

円は笑顔でそう言った。最後のところだけ、ちょっと声が響いたが、うるさいというほどではない。瑛子も円と会話をしていたときは、少しも気にならなかった。

円は続けてこう言った。

「じゃあ、お仕事の方もよろしくお願いします」

「ええ、もちろんです。ラフができたら送りますね」

ミドリさんはそう言って、カフェを出て行った。

「お仕事？　さっきの方イラストレーターさんですよね」

円はきょとんとした顔になった。

「緑川《みどりかわ》さんをご存じなんですか？」

ミドリは姓からのあだ名だったらしい。

「あ、もちろん知らない人です。でも、そんな会話が聞こえてきて……別に聞くつもりはなかったんだけど」

言い訳のように付け加える。

「ショップカードや、通販のお菓子用の新しいパッケージデザインをお願いしたんです。緑川さんの描くお菓子、とてもおいしそうで可愛いんですよ」

そう言って彼女は、ポストカードを瑛子に渡した。

いろんなドーナツを描いたイラストだった。シンプルにデザイン化されているのに、どんなドーナツか、一目でわかる。粉砂糖や、シナモンの匂いまで漂ってきそうだ。

「本当、可愛いし、おいしそう」

「うちの定番のスイーツをいろいろイラストにしてもらうことにしました。共通の知り合いがいて、紹介してもらったんですけど、ちょうど近くに住んでいるそうで、いろいろ試食してもらってます。お友達といらしたのは、はじめてですけど、喧嘩でもされたんでしょうか」

「喧嘩……ではないようだったけど……ちょっとした会話でお友達が気分を害したみたい。緑川さんは彼女を励ますつもりだったんだろうけど」

円は、なんとなく察したような顔になった。

「そういうことって、ときどきありますよね」

傷つけるつもりがなくて、傷つけてしまうこと。思い出すたび、胸が痛むような瞬間は、瑛子にもある。カフェを開きたいと言った円との昔の会話もそのひとつだ。

それでも、今、こんなに仲良くできているのだ。彼女たちもきっと和解できる。

そう願わずにはいられなかった。


次に瑛子がカフェ・ルーズを訪れたのは翌週だった。

今日は、ほぼ、満席で、店に入ろうかどうしようか悩んでいると、円が気づいて、こちらに手を振った。

いつもは誰もいないカウンターにもひとり客が座っている。まだカウンター席は空いているから、瑛子も座ることができるが、少し珍しい。

ドアを開けて、店に入り、いつものカウンターに腰を下ろす。

メニューを持ってきた円が、隣の人に言った。

「こちら、奈良さんです。昔、同じ職場でお世話になって、今、よく店にきてくれるんです」

まさか、紹介されると思っていなくて驚いていると、隣の客が顔を上げた。緑川さんだ。

「こちらは緑川さんです。イラストレーターさんで、今、うちの通販用の新しいパッケージデザインをお願いしているんです」

彼女は、ぺこりと頭を下げた。瑛子は言った。

「ドーナツのイラスト、葛井さんから見せてもらいました。すごく可愛いです」

「わあ、ありがとうございます。葛井さんとお友達なんですね」

友達と言われるのは少しくすぐったい。決して嫌な気持ちではなく、本音を言うとうれしいが、客と店主という関係上、あまり距離を詰めるべきではないとも思う。

瑛子の方は、店にくるかこないかを自分で選べるが、店主の方はそうではない。とても対等とは言えない。だから、忙しそうなときはなるべく話しかけないようにしたり、空いているときにしか長居しないようにしている。

「いいなあ、お友達。わたし、この前、親友だと思ってた人を怒らせてしまいました」

瑛子ははっとした。タニさんのことだろうか。黙っているのもなんだか気が引けるので、口に出してしまう。

「この前、ごいっしょにいらっしゃってた方ですか？」

緑川さんは目を見開いた。

「えっ、あのとき、カフェ・ルーズにいらしたんですか？」

「いました。お帰りになってから、葛井さんに、イラストレーターさんだって聞いたんです。お友達、長いおつきあいなんですか？」

緑川さんは、マサラチャイのカップを引き寄せて、匂いを嗅いだ。

「幼稚園のときからの、幼なじみで、わたしの転校で中学の途中から別だったんですけどデザインの専門学校で再会したんです。そこからずっと仲良くしています」

「彼女もイラストレーターさんですか？」

「そうなんです。でも、もうやめるって言っていました。配偶者に養ってもらうからって。でも、わたし、彼女の……谷川《たにがわ》さんのイラストが大好きなんです。だからやめてほしくなかった。むしろ生活の心配をしなくていいなら、すごく売れなくても続けていけるわけじゃないですか。そのうち大きなチャンスもめぐってくる。わたしなんか、軌道に乗るまでは、バイトを掛け持ちしながらやってました」

自然に口が動いていた。

「だから、『ずるい』って言ったんですか？」

緑川さんは戸惑ったような顔になった。踏み込みすぎたと気づいたが、一度口に出してしまったことばは消せない。瑛子は詫びた。

「すみません。失礼なことを言いました」

「ずるいって、わたしが言ったんですか？」

「わたしにはそう聞こえました。でも、もしかしたら聞き間違いかも……」

緑川さんはしばらく険しい顔で座っていた。やがて口を開く。

「言ったかもしれないです。ずるいって。たしかに、わたし、谷川さんがやめると聞いたとき『ずるい』と思ったんです。でも、どうしてそう思ってしまったんだろう」

ということは、彼女の「ずるい」という発言は、谷川さんがパートナーに養ってもらうから出たわけではないということだ。

いつの間にか、カウンターの中で聞いていた円が話に入ってきた。

「緑川さん、別の高校に行っているときも、その谷川さんと連絡を取っていましたか？　メールとか電話とか」

緑川さんは、首を横に振った。

「いいえ、全然。小中学校の時は、すごく仲が良くて、だから、専門学校で再会できてうれしかったんですけど、どうして高校のときはまったく連絡しなくなっていたんだろう。引っ越したといっても、都内だったから会おうと思えば、いつでも会えたのに」

話題を変えたくて、瑛子は円に尋ねた。

「そういえば『鳥のミルク』って、どうして、そういう名前なんですか?」

緑川さんも、顔を上げた。

「鳥のミルク?」

「あ、新作のケーキなんです。ロシア発祥で、ハンガリーやチェコなどでも食べられているそうです。同じ名前の箱入りのお菓子もあるんですよ」

まだ注文をしていなかった。ちょうどいいので、「鳥のミルク」を頼むことにする。

「緑川さんもご一緒にいかがですか? 以前、試食してもらったときにはまだなかったですし」

「あ、ぜひ、お願いします」

円に言われて、緑川さんも頷く。

「鳥のミルク」を一切れずつ盛りつけた皿が、瑛子と緑川さんの前に置かれる。

「おいしそう……。外側はチョコレートで中はムースなんですね」

ふわふわと柔らかくて、ミルクの風味が強い。何度食べてもおいしい。

「あ、そうだ。『鳥のミルク』の名前の由来ですよね。スラブ地方の民話が元になっているらしいです。ある美しい姫が、婚約者の機知を試すために、『鳥のミルクを取ってきて』と言ったそうなんです。そこから、この世に存在しないほどおいしくて美しいものというイメージになったとか」

瑛子は思わず声を上げた。

「かぐや姫だ」

かぐや姫は求婚者を断るため、この世に存在するかもわからない宝物を要求する。

「仏の御石の鉢、蓬萊の珠の枝、火鼠の皮衣、竜の頸の珠、燕の子安貝」

緑川さんはすらすらと、五つの宝物をあげた。

「緑川さん、すごい！」

「専門学校の、卒業制作でかぐや姫の絵本を作ったんです。だから覚えていました」

彼女は少しはにかんだように笑った。

なるほど、とても美しくておいしいものだというイメージだから、お菓子の名前になったのか。

瑛子は首を傾げた。

「日本でも、醍醐味とか言うけど……あれはもともと醍醐という食べ物があったんだっけ」

「そうみたいですね。醍醐はもう資料が失われていて、再現はできないけど、それがすごくおいしかったから、醍醐味ということばが生まれたそうです」

だとしたら、「鳥のミルク」とは逆だ。

ふいに、緑川さんが声を上げた。

「思い出しました。どうして、高校のとき、谷川さんに連絡を取らなかったか……」

緑川さんは、もう冷めたマサラチャイのカップを手にとって、残りを飲んだ。

「わたしとタニは、幼稚園から一緒で、家も近くでずっと仲が良かったんです。タニは、わたしよりもかけっこが速くて、みんなに好かれていて……、わたしは彼女のことがうらやましくて、まぶしくて、でも、彼女のいちばんの友達でいることが、とても誇らしかった」

いつの間にか、呼び方が慣れ親しんだものになっている。ぎゅっと胸が痛くなる。その気持ちは瑛子の記憶の中にもあるような気がした。

「小学生のとき、わたしは全然逆上がりができなくて、ひとり放課後残って、練習させられました。厳しい先生で、全員ができなければ、みんなの点数を下げると言って……わたしにやる気を出させるためだったんでしょうけど、今思えば、脅しですよね」

そんなペナルティを科せば、運動が苦手な子は、よけいに運動が嫌いになっていくのをわかっていないのだろうか。

「そんなとき、タニは一緒に残って、わたしを励ましてくれました。ミドリならできるよって言って……うれしかったです」

そんなことがよくあったのだと、緑川さんが語った。ハンドボール大会、マラソン大会、分数のかけ算、他にもいろんなことが。

「最初はうれしかったんです。でも、どんどん重くなってきて、わたしは、いつも励まされる側で、『できるよ』って言われ続けていて、『もうできない』って言うことなんて許されていないような気になった」

緑川さんは寂しげに笑った。

「よく考えたら、タニだって、めちゃくちゃ勉強ができたわけでもない。中学ではふたりとも、中くらいのところにいたのに、いつもちょっと上にいるだけで、そこまで行けないわたしが悪いって言われているような気持ちになったんです。だから、転校を機会に距離を取りました」

彼女はふうっと息を吐く。

「だからこそ、専門学校で再会できたときは、うれしかった。別に彼女に『頑張れ』って言われ続けなくても、結局は、同じ専門学校にいるわけだし。それに、彼女が意地悪な気持ちでわたしを励ましていたわけではないことも、わかっているんです。専門学校で一緒になってからも、タニはわたしの絵のいいところを見つけて、褒めてくれました。でも、わたしはあまりタニの絵のことを心から褒められなかった。タニの絵のことは好きだったんですけど、わたし、自分がずっとタニよりもできない人間だと思っていたから、わたしに褒められてもうれしくないだろうと思ってしまったんです」

ふたりは卒業して、それぞれ別の会社に就職したという。

「タニは、小さな制作会社に就職して、そこでレイアウトやイラストの仕事をやってたんですけど、わたしはイラストやデザインに関係ない仕事しか見つからなくて……だから、自分でポストカードを作って、小さなお店に持ち込んで置いてもらったり、SNSで自分のイラストを公開したりしていました。その間に、タニは結婚して、わたしにも『婚活頑張ればいいのに』とか言ってたけど、わたしは聞き流してました。あんまり興味なかったし、結婚はしたい人だけがすればいいいと思っていたし」

つきあいは続き、緑川さんには少しずつ、イラストの仕事がくるようになったという。

「しばらく、兼業でやっていて、身体がきつくなったので、会社の方をやめました。タニにも止められたし、両親も専業イラストレーターなんて無理だって言ったけど、そこは自分で決めました。失敗しても、責任を取れるのは自分だけだから」

実際にはその選択は吉と出た。自由な時間が増えたことにより、緑川さんは、時間をかけてイラストに取り組むことができて、数年で仕事は倍増した。

「その頃、タニもフリーランスになることを決めました。わたしは賛成しました。タニの絵が大好きだったから」

だが、谷川さんの場合は、あまり仕事が増えなかったという。

「わたしも、タニに向いてそうな仕事を紹介したり、企画の人に彼女の絵を見せたりもしたんですけど、なかなか決まらなくて……」

緑川さんは目を伏せた。

「だから、わたし、彼女を励まして、彼女にやる気を出してもらいたかった。これまで、タニがわたしを励ましてくれた分、彼女を励まして、褒めてあげたかった。でも、彼女は、少しもうれしそうにしてくれなかった。最初のうちは、タニの絵が好きだと言ったら喜んでくれたけど、そのうち、それも少し嫌な顔をするようになって……この前は、完全に気を悪くしたみたいで……」

緑川さんの口角が、かすかに上がった。まるで自嘲しているような顔だった。

「わたしがずっと下で、励まされる立場じゃないと友情って成立しないの？　わたしの励ましは聞いてもらえないの？　そう思ってしまったんです。そんなのずるいって……」

緑川さんは、励まされる立場でも、友達だと感じていた。一時は距離を取っても、再会してからは、その励ましのいいところだけ受け取って、あとは聞き流すことができていた。

だが、その立場が逆になったとき、友達に拒絶されたとすると、そこに複雑な感情が芽生えても無理はないと思う。

円がぽつんと言った。

「鳥のミルクだったのかもしれません」

「え？」

「谷川さんにとって、自分のイラストを仕事にして、それで多くの人に評価してもらうこと、フリーのイラストレーターになって、それで売れることが、遠くて美しくて、憧れで、他のこととはまったく違うことだったのかも……」

完全に手に入らないものだと思ってしまえば、あきらめがつく。だが、ずっと一緒だった友達がそれを手に入れてしまったのなら、励まされても、ただ苦しいだけだったのかもしれない。

逆上がりができないのも、学校の勉強も、一時的なことだ。だが、職業にして生きることはまったく違う。追求するにしろ、諦めるにしろ、妥協するにしろ、それは一生ついて回る。その結果は、自分しか引き受けることができない。

緑川さんはためいきをついた。

「わたしが無神経だったのかな……」

「それを言えば、谷川さんだって、無神経ですよ。緑川さんがその無神経さに距離を置いたり、適当に受け流したりできていただけで……」

円のことばを聞いて、緑川さんが笑った。

「お互い様ってことか……」

緑川さんが、自分の鞄の中を探って、一枚のポストカードを出した。

細いペンで描かれた、繊細な木の葉と、赤い実の絵だった。鳥が赤い実をそっとくわえている。

カラフルでユーモラスな、緑川さんの作風と全然違うが、これも美しい絵だと思った。

「きれい……」

思わず瑛子の口から声が漏れた。円も頷く。

「タニの絵なんです。きれいですよね」

緑川さんが、少し泣きそうな顔で笑った。

「わたし、彼女の絵が大好きなんです」

あなたの知らない寿司

昨日より、明日はいいものだと信じられたのは、いくつまでだろうか。

ふいに瑛子はそう考えた。小学校の時は、たぶん無邪気にそう信じていた。中学生や高校生くらいでもそうだったのかもしれない。

だが、十代終わりには、もう若くなくなることへの恐怖は忍び寄っていた。二十代が終わって、三十代になる頃には、恐怖さえ感じた。

年齢を重ねることへの不安は、今はほとんどない。三十代から四十代になったときも、むしろ気が楽になったくらいだ。なぜ、若くなくなることをあんなに恐れねばならなかったのかと、今になってみれば腹立たしい。

今は社会が変わらないこと、逆に悪くなっている部分もあることが気に掛かってくる。生活は厳しくなり、給料は上がらない。年金だって、納めてはいてもどれだけもらえるかわからない。この先、どうやって生きていくのか考えない日はない。

新型コロナの感染者数はまだ高止まりしたままだが、世間は少しずつ、日常に戻りはじめている。三年ぶりの、移動制限のない大型連休も目の前で、ハワイへのツアーが再開されたというニュースも聞いたし、まわりでも旅行を計画しているという話は聞こえてくる。

瑛子はというと、まだ出かける気にもなれず、家でネット配信の映画を観たり、本を読んだりして過ごすつもりでいる。それでも長い休みは楽しみで、少しでも明るい気分になりたいと思っている。

いつも考えている。この頭の上にのしかかっているような、暗雲が晴れる日はくるのだろうかと。


その日の夕方、日用品の買い物を済ませた後、瑛子はカフェ・ルーズに立ち寄った。

少し早いが、家に帰って夕食を作るのもおっくうだし、ここで済ませて帰るつもりだった。

普段は、空いている時間なのに、その日はテーブル席が、ほぼ満席だった。一瞬、帰ろうかなとも思ったが、すでに円と目が合ってしまっているし、カウンター席には誰もいない。えいっと入ることにする。

満席だといっても、テーブルの数は以前より減っている。前は、夜の時間にお酒を出していることで、なんとか帳尻が合っていると、聞いたことがあるが、今は夜の営業時間も短い。

キッチンカーや焼き菓子の通販など手を広げているが、その分、円が疲れてしまわないか心配になるのだ。

カウンターに座り、やってきた円にマッサマンカレーと香港式アイスレモンティーを注文する。

香港式レモンティーは、渋みの少ない爽やかな紅茶にたっぷりとレモンスライスを入れたもので、レモンスライスをマドラーで潰して飲むと、眉間に皺が寄るほど酸っぱくて、おいしい。

暑い香港で、これを飲んだらおいしいだろうなと、いつも考える。

香港は、今はどんな状況なのだろう。デモが起き、多くの若い活動家が逮捕され、その後亡命したというニュースを、瑛子は固唾を飲んで見守っていた。

昔は、日本から近くて、豪華なホテルや、おいしい食事や買い物が楽しめる街だと思っていた土地が、あっという間に暴力で蹂躙されるのを見た。人々は今、どんなふうに暮らしているのだろう。多くの人は変化を受け入れて、暮らしを続けているのだろう。

先にやってきた香港式レモンティーをマドラーでかき混ぜていると、ドアが開く音がして、外の風が入ってきた。

「いらっしゃいませ。あ、こんにちは」

円の声がちょっと親しげだったので、何となく視線を向けるとそこには、谷川さんがいた。イラストレーターの緑川さんの友達。あれからどうなったのだろうと考える。

「あの……空いていますか？」

「カウンター席でよろしければどうぞ」

谷川さんはカウンターにやってきて、瑛子に会釈をした。瑛子も会釈を返す。

今日は、彼女は鮮やかなブルーのゆったりしたワンピースを着ている。少し蒸し暑い日も増えたこの頃、軽い素材が涼しげだ。

「あの、鳥のミルクというケーキ、ありますか？」

彼女は円にそう尋ねた。

「はい、あります。召し上がりますか？」

「お願いします。あと、カフェオレで」

白い皿にのって、ミントの葉を添えた「鳥のミルク」が谷川さんの前に出される。彼女はうれしそうに、フォークでカットして、口に運んだ。

「おいしい。柔らかくて、優しい味でわたし好みです」

「うれしいです」

円が目を細めて笑う。マスクをしていても、彼女が笑うとまわりの空気が明るくなるような気がする。

「緑川さんに、このケーキのことをお聞きになったんですか？」

円がそう尋ねると、谷川さんは頷いた。

緑川さんが「鳥のミルク」を食べたのは、谷川さんと口論した後のことだ。まだ連絡を取り合っていることに、部外者ながらほっとする。

「この前、ここでわたしが声を荒らげてしまったんです。それなのに、彼女が先に謝ってくれて、このケーキのことも教えてもらって、なんだか自分が恥ずかしくなってしまいました」

「そんなこともありますよ」

谷川さんが顔を上げた。

「店長さんって、ご結婚されてます？」

「いいえ、独身です」

円はきっぱりと答える。少しだけ表情が硬くなっているのは、プライベートに踏み込まれるかもしれないという警戒だろう。

だが、谷川さんはそこはさらりと流して、話し続けた。

「わたし、四年前に結婚したんです。夫は、元の会社の同僚で、いい人だと思っています。そりゃあ不満もないわけではないけど、優しいし、日常生活の問題も、話し合いで解決できています」

まるで自分を納得させているような口調で、なぜだろう、と瑛子は思う。

「でも、結婚後も、同じ会社で働き続けていたら、社内での扱いがあきらかに変わってきたんです。これまでわたしがやってきたような重要だったり、社外でも目立つような仕事は、他の人に割り振られて、わたしにはサポート業務ばかりがあてがわれるようになりました。そうして欲しいなんて、ひとことも言っていないのに」

彼女はきゅっと唇を噛む。

「それまでわたしを評価してくれていたクライアントの仕事からも外されました。そのときに言われたんです。『早く帰れて、負担も少ない方が、家庭と仕事の両立にはいいだろう？』って」

思わず、谷川さんの方を見てしまった。谷川さんも、瑛子が話を聞いていることには気づいていたのだろう。大きく頷く。

「すぐに、結婚前と同じように大きな仕事もまかせてほしい、結婚前と同じように働くからって、言ったんですけど、あまり真剣にとってはもらえなくて……出張があるような仕事もゼロになりました。男性社員は、反対に結婚したら、重要な仕事をまかせてもらえるんです。でも、おかしくないですか？　家庭と仕事を両立しなければならないのは、どちらも一緒だと思うのに」

それはそうだ。まわりの人はよかれと思ってやっているのかもしれないが、仕事を頑張りたいと思っている女性にとっては、心が折れる話だろう。

「夫との間に、齟齬があっても、話し合えばなんとかなると思っていたんです。それができる人だから結婚を決めた。でも、なんかみんながぼんやり前提としているものに、逆らうのって簡単じゃない」

円が頷いた。

「本当にそうだと思います」

「それもあって、会社をやめて、フリーランスでやっていくことに決めました。ミドリがうまくいっていたし、わたしも頑張れば、ミドリほど成功しなくても、続けていけるかなと思って……、甘かったのかなと今では思います」

谷川さんは話し続けた。

「フリーランスになれば、条件はみんなと同じだと思ったんです。でも、そうでもなかった。もちろん、わたしの力不足もあるから、全部環境のせいにするつもりはないです。でも、勤め人の夫がいると言うだけで、遊びでやっていると思われることも多くて……そのことにどんどん疲れてきてしまいました」

少し耳が痛い。瑛子だって、時短勤務を選択した人を、もう仕事より家庭を優先した人だと決めつけてしまったことは何度もある。

子供を保育園に迎えに行くため、仕事を途中でこちらにまかせて、帰ってしまう同僚に腹を立ててしまったこともある。

だが、そうしている人だって、本当は働きたかったのかもしれない。思うようにならない環境に歯を食いしばっていたのかもしれない。

「そんなとき、仕事がうまくいっているミドリに、『生活の心配はしなくていいのだから、イラストの方で頑張って』と言われたことで、ちょっと頭に血が上ってしまいました。わたしの気持ちなんてわからないくせにって」

彼女が「ダンナに養ってもらう」なんて言い捨てたのは、自虐的な気持ちからだったのだろう。

円がぽつんと言った。

「分断されているんです。結婚した人も、結婚していない人も、専業主婦と、外で働く人も、子供がいる人も、いない人も、それぞれの苦労があるのに、なぜかそこに社会という大きな壁が立ちはだかって、お互いが理解できなくなっているんだと思います」

谷川さんははっとした顔になった。

瑛子は、結婚していないし、家族とも疎遠になっているから、孤独に老いていく不安はある。病気になっても、誰にも支えてもらえない。それを自分で選んだことだからと納得させているだけだ。

でも、気兼ねせず、好きなだけ仕事に集中したり、自由時間を完全に自分のためだけに使えたりする自由はある。それがない人からすると、いい身分であるように思えるはずだ。

「働いていても、働いていなくても、結婚していても、結婚していなくても、わたしたちはなにかが足りないと思わされてきている」

円は視線を落としながらそう言った。そして、結婚して働いて子育てをしていても、なにかが足りないというプレッシャーはのしかかる。他の人はちゃんとやっているのに、わたしはできていないとばかり思わされてきている。

円は低い声で付け加えた。

「そう思わせて得をしているのは誰なんでしょうね」

そのことばに瑛子も息を呑む。

「わたしはカフェを経営していて、独り身だし、自由です。でも、だからこそ、利用できるものはなんでも利用するし、誰かを踏みつけにしない限りは、それでいいと思っています。こちらを踏みつけようとする相手には全力で逆らおうと思っています」

「わたしもそう思っていいのかな」

谷川さんのことばに、円は頷く。

「もちろんです」

そうやって、守りたいものや、実現したい夢があることは、少しうらやましいような気がする。

「緑川さん、谷川さんの絵のこと、とても褒めてましたし、わたしもきれいな絵だと思いました」

円にそう言われて、谷川さんは少し面映ゆげに微笑む。

「ありがとう。わたしもミドリの絵はとても好きです」

そして、付け加える。

「それから自分の絵も好きなんです。足りないところはたくさんあるけど、それでも」

円は笑顔で頷いた。

「わかります。わたしもこの店が好きです」

連休を前にすると、社内の空気が華やいでくるような気がする。

さすがに海外旅行に行くという人は聞かないが、ひさしぶりの帰省や、国内旅行を計画している人が多く、そんな話題が飛び交っている。

単純だが、機嫌のいい人が多いと、影響されて、それだけで楽しくなってくる。ひさしぶりに友達に声をかけてみるのもいいかもしれない。

そんなことを考えながら廊下を歩いていると浜西さんに声をかけられた。

「奈良さん、ひさしぶり」

「あ、おひさしぶりです。こんにちは」

浜西《はまにし》さんは、二つ年上の同僚だ。パンデミックがはじまった頃、ふたり目の妊娠がわかり、その後育休を経て、仕事に復帰して半年ほどになる。

パンデミックになる前は、一緒に昼食を食べに行くこともあり、上の男の子をめぐる子育ての苦労はよく聞いていたが、リモートワークになって、個人的なおしゃべりをする機会は激減した。

直接顔を合わせる機会が減ると、愚痴などをもらすこともできなくなる。オンラインでの会議や、メールでのやりとりはあっても、人と人との距離は少しずつ遠くなっていくような気がする。

瑛子はあまり愚痴を言いたいタイプではないのだが、浜西さんは前に「おしゃべりすることがストレス解消法」だと言っていたことがある。今も忙しい最中だと思うが、ガス抜きはできているのだろうか。

浜西さんは瑛子に顔を近づけて言った。

「奈良さん、ビーガン料理がテイクアウトできるレストランって知らない？」

「はい？」

　急に尋ねられたので、戸惑ってしまう。

「ビーガン料理……」

「ベジタリアンでもいいの。まあ、違いはよくわからないんだけど」

「えーと、たしか、ベジタリアンの中には、卵や乳製品や、魚を食べる人もいるんですよね。菜食の中でも、完全菜食で、卵や乳製品も食べないのがビーガン」

　瑛子は魚も肉も食べるが、たしか以前、本で読んだことがある。

「そうなんだ。実は、ゴールデンウィーク中に、ホームパーティをするんだけど、参加者の中に、ビーガンの人やムスリムの人がいて……、夫と相談して、ビーガン料理をテイクアウトかケータリングしてもらおうかってことになったの。わたしも料理自体は嫌いじゃないんだけど、勝手がわからないから、食べちゃいけないものを出してしまってもいけないし……たしか、出汁とかもダメなんだよね」

　昆布やしいたけの出汁なら問題ないが、ビーガンならカツオや煮干しの出汁は使えないだろう。

「たしか、ムスリムの人って、ハラール認証がされた食材しか食べられないんじゃないですか？」

　もちろん、日本にきているからには、そういう食品が簡単に手に入らないことも理解しているだろうけど、念のためにそう言ってみる。

「うん、肉は認証を受けてるものしか食べないけど、ビーガン食だとそこは大丈夫って言われた」

東京にも、ビーガンレストランは増えているはずだ。だが、ゴールデンウィークの真っ最中に、テイクアウトやケータリングができるかどうかはわからない。

「わたしのよく行くカフェに、ファラフェルというメニューがあって、ビーガンの人にも人気があるって聞いたような……」

そうつぶやくと、浜西さんは興味を持ったらしくぐぐっと近づいてきた。

「ファラフェルって、どんな料理？」

「ひよこ豆のコロッケです。それをたくさんの野菜や揚げた茄子と一緒にピタパンに挟んで、サンドイッチにして食べるんです」

ひよこ豆のコロッケがファラフェルという名前で、サンドイッチにしたものは、ファラフェルサンドというらしい。

「満腹感もあるし、おいしいですよ」

「それいいなあ。普段、菜食なんてしてない人間が考えると、どうしてもサラダとかグリル野菜とかしか思い浮かばないけど、揚げ物があるとテーブルが華やかになるし、食べ応えもあるよね」

ファラフェルサンドはテイクアウトできるメニューだが、あまり大量だと、円が困るだろう。彼女はひとりで料理も焼き菓子も作っている。

「何人くらい集まるんですか？」

「集まるのは四人。そのうち三人がビーガン食の方がいいんだって。それプラスわたしたち夫婦。子供にもなにか食べさせなければならないから、わたしも何か作って宅配ピザも取ろうと思っているけど、でもやっぱりできるだけ同じものを食べたいよね。せっかく、招待するのに、食卓の上にあるのが、ほとんど食べられないものというのも失礼だと思うし」

「そうですねえ……」

大人六人分くらいだと、大丈夫だと思うが、円に聞いてみないとわからない。

「あとでメールで聞いてみます」

「ほんと？　助かる！」

そう言った後、浜西さんは小さくためいきをついた。

「なんか、最初、日本は大豆製品が多いから自分でも作れるかもって軽く考えてたけど、ちょっと調べて、無理だなと思ったのよ。菜食だけじゃなく、ムスリムの人はアルコールもダメだし」

「和食は、料理にお酒使いますもんね」

「それだけじゃなくて、みりんも使えないよね」

あっと小さな声を上げてしまう。たしかにみりんもアルコールだ。

「出汁やお酒、みりんも使えない状態で、おいしいものを作る自信もないし、プロに頼んだ方がいいかなって思ったの」

「たしかに……」

今は大豆ミートなどが売られているのも知っているが、慣れていないものを使いこなすのは難しい。

「じゃあ、返事がきたら声をかけますね」

「ありがとう。助かる」

浜西さんと別れて、自分のデスクに戻り、円にメールを送る。しばらくして、返事がきた。

「大丈夫です。六人分のファラフェルサンド、作ります。もしよろしかったら、他にも作れますよ」

それを浜西さんに伝える。

「わあ、よかった。サラダと野菜のオーブン焼きは自分で作ろうと思っていたから、メインになるようなものが、もう一種類あるとうれしいんだけど」

瑛子は少し考えた。

「もしよかったら、後で一緒にそのカフェに行きませんか？　直接、相談した方がいいかもしれないし……あ、でもお子さんの保育園のお迎えがあるか」

浜西さんは首を横に振った。

「ううん、今は義理の母が田舎から出てきているから、お迎えも夕食準備もやってもらっているの。連休までの間だけど、助かってる。今日はちょっと遅くなってもいいから、連れてって」

仕事が終わった後、浜西さんと合流した。彼女は車で出勤していたから、後部座席に乗せてもらって、カフェ・ルーズに向かう。

「でも、ホームパーティいいですね」

新型コロナのせいもあり、長いことそんなことはしていない。

ハンドルを握りながら、浜西さんはちょっと笑った。

「たぶん、話してなかったけど、二年前、夫が転職したんだよね。今は、日本語学校で、日本語教師をやっているの。あまり生徒と交流することもできなかったけど、ようやく行動制限も少なくなったから、連休に予定のない生徒を家に招こうということになったの」

なるほど、それでムスリムの人などがいるのか。

「でも、今は新しい学生も減っていますよね」

「うん、コロナ禍の前から滞在している生徒はいたから、一応学校は続けられていたけど……。これから留学生なども戻ってくるだろうし、また増えるといいんだけど」

大変なのは飲食業界や旅行業界だけではないのだとあらためて思う。

今日のカフェ・ルーズは空いていた。瑛子はミントティーを頼み、浜西さんは杏ネクターを頼んだ。

円は、人数と浜西さんのリクエストを聞くと、メモを取った。

「ファラフェルは、野菜とピタパンを別にして、食べるとき好きなようにファラフェルサンドにしてもらうのがいいかもしれません。パンを食べずに、ファラフェルと野菜だけ食べたい人もいるだろうし、あと、大豆ミートでタコスとかいかがですか？　手巻き寿司感覚で、お子さんも喜ぶかも。そちらでごはんを炊けば、タコライスにもできますし」

浜西さんはぱっと笑顔になった。

「それいいかも。タコライスは、大皿に盛りつけできるから、テーブルが華やかになりそう」

「チーズは大丈夫なの？」

瑛子の質問には円が答えた。

「ビーガンのためのチーズがあるんです。ナッツや豆類を使って、ちゃんと発酵もさせるので、チーズの旨みもちゃんとあります」

「代用品は肉だけじゃないんだ」

そういえば、牛は環境負荷のとても高い家畜だと聞いたことがある。肉を控えるように、乳製品も控えるのが、環境のためなのだろう。と言いつつ、おいしい乳製品の誘惑にはなかなか逆らえそうにないのだが。

「デザートも乳製品を使わないバクラヴァが作れますよ。普段のメニューにはないけど、予約していただけたら作っているんです」

円の作ったバクラヴァは食べたことがある。彼女にとって、それが思い出のあるお菓子だということも聞いた。ナッツをたっぷり使ったアラブやトルコのお菓子だ。

円と浜西さんは、代金の相談をしているから、瑛子はゆっくりミントティーを飲んだ。

相談が終わると、浜西さんは鞄と上着を手に取った。

「じゃあ、お願いします。奈良さん、家まで送ろうか？」

「あ、ここから近いんで大丈夫です。晩ご飯食べて帰ります」

「そう。じゃあ、また会社か、オンラインでね。どうもありがとね」

浜西さんはばたばたと店を出て行った。義理のお母さんがきていると言っていたが、だからといって、あまり遅くなるわけにも行かないのだろう。

浜西さんが帰った後、円は瑛子に向かって言った。

「ありがとうございます。紹介してくださって」

「でも、迷惑じゃなかった？　ただでさえ、忙しそうなのに……」

「そんなことないです。すごく助かります。連休中は、どのくらいお客さんがくるかわからないですし。それにもし、できなかったらできないって言います」

浜西さんは責任感のある人だから、いきなりキャンセルなどもしないだろう。

少しだけ円の役に立てたようで、ほっとする。

カフェを開きたいという彼女の夢を最初に聞いたとき、瑛子は応援することができなかった。彼女がそれを気にしているとは思えないが、瑛子自身が、ときどき苦い気持ちでそのことを思い出すのだ。

だから、このカフェが平和に営業し続けてほしい。もちろん、瑛子にとってもここは大事な場所になってしまっている。


大掃除でもしようと思っていたのに、連休に入ってしまえば、なかなかそんな気にならない。一日だけ、友達と食事に行き、あとは観たかった映画を配信サービスで何本か観た。いい加減に、少し運動でもしなければ身体に悪い。そう思って、ソファから立ち上がったときに、ふと気づいた。

たしか今日は、浜西さんのホームパーティがある日ではなかっただろうか。

そろそろ昼の十二時だから、もう料理のピックアップは終わった頃だろうか、様子見がてら、カフェ・ルーズに行ってみてもいいかもしれない。

しばらく歩いて、カフェ・ルーズに到着すると、店内は円がひとりいるだけだった。ドアのガラス越しに目が合った円は、なぜか縋るような目で瑛子を見た。不思議に思いながら、ドアを開ける。

「こんにちは」

「あ、奈良さん。実はまだ浜西さんが料理を取りにいらっしゃってなくて……」

「えっ?」

十二時からパーティをはじめるから、十一時半くらいには取りにくると言っていたはずだ。

「ご連絡しようかと思ったんですけど、もうちょっと待ってみようかと……」

瑛子は自分の携帯電話で、浜西さんの携帯に電話をかけた。すぐに電話が取られる。

「あ、奈良さん? ごめん。カフェ・ルーズのことだよね。これから十分くらいで着きます。よろしくお願いしますって、店長さんに言っておいて」

「わかりました」

電話を切ってから、円にそう伝えると、彼女はようやくほっとした顔になった。

「よかった。ドタキャンされるような方でもなさそうでしたし、事故にでも遭っていたらどうしようかと思ってました」

カウンターに座って、レモンとココナッツクリームのカレーを注文したときに、ちょうど浜西さんがやってきた。

「ごめんなさい。遅くなって……」

「いいえ、ファラフェルが冷めてしまいましたけど、冷めてもおいしいと思います。念のため、温め直し方もメモで入れてあります」

浜西さんは、紙袋を円に差し出した。

「これ、夫の実家から送ってきたの。地元で食べるフルーツだから、種が多いけど、おいしいよ」

円が中から小さな黄色い柑橘類を取り出した。ちょうどテニスボールくらいの大きさだ。

「ありがとうございます。小夏ですね」

「そう！　よく知ってるね」

浜西さんは小さなハンドタオルで額の汗を拭いた。

「今朝からちょっとドタバタしてしまって、はじまる時間を一時間遅らせてもらったの。ホームパーティをするって、義母が聞いて急に張り切って、台所を占領して料理を作りはじめてしまって……、しかもお寿司を作るって言うし、お客さんはベジタリアンだからと言っても、馬耳東風で……。予定が狂いっぱなし」

「お義母さんって、お帰りになったんじゃ……」

「それが飛行機を取るのを忘れていて、寸前だと満席で取れなかったの。だから、連休の後半までいることになったの。それはいいんだけど、お寿司って……まあ義母は料理上手で、市場でお寿司を売っていると聞くし、鯖寿司なんて絶品だけど、でも、今日のお客さんに出しても喜ばれないと思う。せっかくみんなが食べられるものだけにするつもりだったのに……。それに、残ったお寿司を見たら、お義母さんもがっかりするだろうし」

円はなぜか、紙袋の柑橘をじっと見ていた。ようやく口を開く。

「ええと……お客さんが菜食だってことはお義母さんにお話ししたんですよね」

「言ったよ。かつおの出汁もダメだって言ったのに、わかったわかったって言って、ごきげんで料理しはじめて……」

「小夏をくださったってことは、お義母さんって高知の方ですよね」

「うん、そう。実はずっと夫が義理の父と仲が悪くて、わたしも一度も行ったことがなかったんだけど、一昨年お義父さんが亡くなって、ようやくお義母さんだけが、孫に会いにうちにこられるようになったの」

円は首を傾げていたが、それを聞いて頷いた。

「お寿司のこと、もしかしたら、全然大丈夫かもしれません。調味料だけ確認した方がいいかも」

浜西さんの目が丸くなる。


浜西さんが帰ってから、円はタブレットでなにかを検索した。

「高知の田舎寿司ってご存じですか？」

「田舎寿司？」

タブレットに表示された写真を瑛子に見せる。

パックに入った素朴な寿司の写真だった。上にのっているのは魚ではない。こんにゃくと筍、ミョウガ、しいたけ、他によくわからない野菜ものっている。

「高知で日常的に食べられているお寿司だそうです。緑色のはハヤトウリとか、イタドリとか、りゅうきゅうと呼ばれるハスイモですね」

どれも聞いたことがない。

「野菜のみを使ったお寿司なんです。全国的にも珍しいそうです」

「でも、高知って、魚介類が豊富で新鮮な土地だよね。それなのに、野菜でお寿司を作るの？」

円は頷いた。

「高知は山の幸も豊かだし、おいしいから食べ続けられているんだと思います。道の駅や、日曜市でも地元の人が作ったものが売ってあるんですよ。わたし、正直、高知で食べたどんなごちそうより、これがおいしいと思いました」

「へえ……」

それを聞いて、なんだか食べたくなってしまう。

「浜西さんのお義母さんから、レシピや作り方教えてもらえないかな」

円はそんなことを言っている。

いつか、カフェ・ルーズのメニューに田舎寿司が加わる日がくるのだろうか。


夜になって、浜西さんからメールがきた。

やはり、お義母さんが作ったのは、高知の田舎寿司だったという。しかも、彼女は交流イベントで、ムスリムの人に向けて作った経験もあり、酒やみりんを使わないレシピを自分で考えていたのだという。

もちろん、出汁も干ししいたけと昆布のみを使って取ってあったらしい。

田舎寿司は、ホームパーティのお客さんだけでなく、浜西さんの息子さんにも好評であっという間になくなってしまったそうだ。

もちろん、円のファラフェルやタコス、バクラヴァもみんなにおいしいと褒められたという。円は、浜西さんのお義母さんから、ビーガンやムスリムの人でも食べられるレシピを教えてもらえることになったらしい。

連休の後、カフェ・ルーズに行くと、円が興奮したような顔で言った。

「わたし、はじめて知りました。厳格なムスリムの人の中には、お酢を避ける人もいるそうなんです」

はっとする。たしかにお酢は発酵したものだ。

「ワインビネガーがダメなのは知っていたんですけど、米酢などは大丈夫だと思っていました。でも、中には気にする方もいらっしゃるそうなんです。ハラル認証されてるものなら問題ないそうなんですけど」

だが、普通のスーパーにはまず売っていない。

「じゃあ、お寿司は食べられないよね」

円は首を横に振った。

「田舎寿司は、そこもクリアしているんです。田舎寿司のいちばんのポイントは、寿司酢の代わりに、柚子の果汁を使うんです。レモンや柚子の果汁なら、まったく問題はないんです」

円は目を輝かせてそう言う。その顔を見て、瑛子は気づく。

彼女は旅を愛していて、自分のカフェも大事に思っているけれど、なによりも料理をして、人に喜んでもらうことが好きなのだ、と。
そして、きっと浜西さんのお義母さんも同じなのだろう。

抵抗のクレイナ

草原の夢を見た。どこまでも続く草原の夢。

山も遠くにしか見えない。地平線近くまで空が広がっている。

こんな広い草原を見ることなどあまりない。日本の多くの土地では、山がすぐ近くにある。北海道などには広い牧草地などもあるのだろうが、瑛子の生活圏ではほとんど見かけることはない。

瑛子は草原をひたすら歩いていた。自分がどこに行くのかもわからず、足はとても疲れていた。それでも、うんざりする気持ちにならなかったのは、どこまでも続く草原が美しかったからかもしれない。

アスファルトと違って、どこか弾力のある草の上を歩いて行く。人などどこにもいない。たぶん寝転がってひと休みしたって、誰も気にしないだろう。

こんなに開放的な気持ちになったのは、ずいぶんひさしぶりのことだ。夢の中なのにそんなふうに思った。どこかでそれが夢であることにも気づいていた。

自分がどこに向かっているのかわからないのも、これが夢だからだ。


ひどく鮮明な夢から目覚めて、枕元の携帯電話を手に取った。

時刻は午前七時。土曜日だから、ゆっくりできるはずなのに、ずいぶん早く起きてしまった。

疲労は感じるが、二度寝したいような気持ちでもない。

ストレス溜まっているのかなあ。

寝起きの物憂さで、瑛子はそう考えた。

最近は、たまに友達と会うこともできるようになったが、それでも大人数で集まったり、夜遅くまで騒いだりすることには、まだ抵抗がある。旅行もずいぶん長いこと行っていない。

大型連休も、結局、どこにも行かずにすごしてしまったし、夏休みの予定を立てる気にもなれない。

一時期の神経がすり減る感覚はもうなくなったが、それでもどこか憂鬱な毎日を過ごしている自覚はある。だから、あんな夢を見たのかもしれない。

働く気力がないとか、心が病んでいるとか、そういうわけではない。だから、大したことないと自分に言い聞かせ続けている。

でも、心から晴れやかな気分になることもないのだ。

どこか知らないところを延々と歩いてみたい。日常から解放されたい。そんなふうに思いながら、瑛子はベッドから立ち上がった。

ひさしぶりに旅に出たいと思った。


もちろん、旅に出たいと思って、すぐに出かけられるわけではない。勤め人のつらいところだ。

大型連休は終わってしまったし、ここから祝日は七月までない。有休は溜まっているが、できたら休日と合わせて取って、余裕のある日程にしたい。

梅雨の間に出かけて、雨に降られてばかりというのもうんざりするし、どちらにせよ、七月以降になるだろう。

こんな気分の時は、つい、カフェ・ルーズに足が向いてしまう。

すっかり馴染んでしまったカウンター席に座り、ポルトガルのミルクコーヒーであるガラオンを飲む。

グラスを洗っている円に向かって、話しかけた。

「昨日、珍しく旅行に行く夢を見たんだよね。あんまり夢は見ないのに……」

円は目を細めて笑う。マスクをしていても、微笑んでいることはわかる。もうマスクをしている時期が長いから、人々のマスク姿を見慣れてしまったのか。それとも、マスクがあっても伝わるように、みんなが表情の作り方を変えているのか。

そろそろ蒸し暑くなってきた。夜、人通りのない道をマスクなしで歩くのは、気持ちがいいけれど、まだ人の近くでマスクを外すのは怖い。

「そろそろ、旅行に行く人が増えてきていますもんね」

そうかもしれない。まだ海外旅行に行く人はまわりにいないが、海外からの旅行者の受け入れを増やす話も進んでいるとニュースで聞いた。

「葛井さんはまだ行かないの」

あんなに旅によく出ていたのに、息苦しくならないのだろうか。

「もうちょっと先かな……と思っています。わたしはもういろんなところを見たし、隔離期間はなくなったり、短くなったりしていても、急になにが起こるかわからないし、今はカフェの方にもっと集中したいかな、と思って。ありがたいことに、焼き菓子の注文もたくさんいただいていますし」

今日も、カフェ・ルーズは賑わっている。売り上げの大きな割合を占めていたという夜の営業も再開されたから、ようやく前のような余裕を取り戻したのかもしれない。

円の視線を追うように、後ろを振り返って、店内を見回した。

窓際のふたり席に、五十代くらいの男性がひとりで座っている。マスクをしているが、白髪交じりの髪型や、ストライプのシャツに見覚えがある。

たぶん、カフェ・ルーズで何度か見かけたのだ。常連客かもしれない。

「旅に出る夢って、夢占いでは、人生の象徴って聞きますね」

円がそう言ったので、前を向く。

「人生の象徴?」

「そう。都会に旅行に行く夢は、もっと活気のある生活を望んでいるとか、ゴージャスなリゾートならば、もっと人生で上に行きたいとか、人のいない場所なら、自分自身を見つめ直したいとか……」

円は占いなどには興味を持たないタイプだと思っていた。

だが、この先の運命がどうとかいう話ではなく、今、自分がなにを欲しているかが、夢に表れるというのは、ありそうな話に思える。

「草原をひとりで歩いている夢だった。自分自身を見つめ直したいのかなあ」

「草原、いいですね。気持ちよさそう」

そう。たしかに気持ちよかった。なにか自分に足りないものがそこにあった気がした。

「草原を見に行くんだったら、どこかなあ。山に遮られていないような景色がいいな。北海道とかかな」

「これから夏だから、気持ちいいですよね。向こうには梅雨もないし」

そう言われればそうだ。北海道に行って、雄大な景色を眺めて、おいしいものを食べて帰ってくるのもいいかもしれない。

ふいに思った。円はいろんな場所を見に行っているはずだ。

「葛井さんは、草原と聞いたら、どこを思い出す？」

「モンゴルですかね。ゲルに泊まって、草原で馬に乗って、満天の星を見ました」

想像しただけで、ストレスが飛んでいきそうだ。

「食事は？　羊の肉だよね」

「そうです。大鍋で茹でて、塩で食べるだけなんですけど、これがおいしくて……でも、たぶん今はまだ行けないんですよね。定期便が全部停止しているそうです」

それはハードルが高い。

「あ、アイスランドだったら、もう旅行者受け入れをしていると思います」

「アイスランド？」

それはあまりに遠いような気がする。

「全然考えたことなかった。北の果ての土地、みたいな……」

「イメージはそうですよね」

円は少し笑った。

「でも、直線距離だとパリよりも近いですし、英語がすごく通じるし、あと、金融危機以降は、観光に力を入れているから、長距離バスなどが全部、オンラインで予約できて、ホテルや近くの停留所まで迎えにきてくれるんです。ひとりでも追加料金がいらなくて、びっくりしました。食事もおいしいし、治安もいいし。もし、ひとり旅をするなら向いてる土地だと思います」

食事がおいしくて、治安がいいのは心惹かれる。少しアイスランドについて調べてみたくなった。

ちょうどランチを食べ終えた人が帰りはじめたらしい。円が忙しく立ち働きはじめたので、瑛子は自分の携帯電話を取り出した。アイスランド旅行について調べてみる。

もう募集している秋のツアーなどもあるが、かなりの高額だし、すでに満席だ。

円の言う通りなら、ツアーでなくても、個人旅行で行けるかもしれない。そう思って、航空券を検索する。これもなかなか高い。清水の舞台から飛び降りたら、出せなくもないが、やはりまだ海外旅行はハードルが高そうだ。

ふいに、後ろから男性の声が聞こえてきた。

「このパンデピスはおいしいね」

円が答える。

「ありがとうございます」

さきほど振り返ったとき、店内には男性はひとりしかいなかった。だから、あのストライプのシャツの人だろう。

「アルザスで修業したの？」

「修業と言えるほどではありませんが、現地のレシピを教えてもらいました」

男性は続けて尋ねた。

「カマンベールチーズはあるかい？」

円はちょっと戸惑った声になった。

「ええと……すみません。夜のメニューで、チーズの盛り合わせは用意してありますが、カマンベールチーズだけというのは」

「カマンベールチーズだけもらうことはできないのかい？」

円が少し考えるのがわかった。

「大丈夫です。どのくらいお持ちしましょうか」

「そうだね。二切れほど。それとりんごもあるとうれしいんだけど」

「りんごですか？　少々お待ちください」

円は、厨房に入っていった。しばらくして、白いプレートにりんごとカマンベールを盛り合わせて、運んでいく。

「ありがとう」

男性の満足そうな声が聞こえてきた。

「覚えておくといい。パンデピスは、カマンベールチーズとりんごと一緒に食べると最高なんだ」

少し嫌な感じがしたのは、瑛子にも同じ経験があるからだ。男性が、自分の知っていることを、相手は知らないと決めつけて、上から目線で教えようとするのは、よくあることだ。特に、相手が年下の女性の場合には。

そういうとき、「知っています」「別に興味ありません」などと言える女性は、多数派ではないだろう。瑛子は、自分が特に可愛げがある方ではないと思うが、それでも「わあ、そうなんですね」などと言ってやり過ごすことは何度もあった。

「すごーい」「くわしいんですね」などと、おだてるのが処世術だと言われたこともある。

円の返事が聞こえてくる。

「パンデピス、お持ち帰りもできますので、ぜひ、ご自宅でもお楽しみくださいませ……」

なんとなく、円が「すごーい。くわしいんですね」などと言うような人でなくて、よかった、などと思ってしまう。褒められることで、その人はまた同じ行動を繰り返すだろう。

客商売だと言いたくもないことを口にしなければならないことも日常だと思うし、それをしてほしくないというのは、瑛子の勝手な希望だということも気づいている。だからなにも言わない。

戻ってきた円はどこか険しい顔をしていた。瑛子を見て、表情を和らげる。

「アイスランド、行きたいと思ったけど、航空券高いね」

携帯電話の画面を見せると、円は少し眉間に皺を寄せた。

「本当ですね。円安だし、もう前みたいに気軽に、旅に出ることなんてできないのかな」

それは円にとって、翼をもがれたようなものではないだろうか。

「食事はどんなものがおいしかったの？」

「アイスランドラムですね。子羊のローストとか、めちゃめちゃおいしかったです。羊のソーセージで作ったホットドッグとか」

また羊だ。草原には羊がつきものなのだろうか。

「あとは、鱒の串焼きとか、ロブスターのスープなどの海産物かな。アイスランドのロブスターは、わたしたちが想像するロブスターより小さい海老で、殻ごと煮込んでなめらかなスープにして、食べることが多いです」

それは絶対おいしいはずだ。

「あと、バターとか、最近日本にも入ってきた、スキールというヨーグルトみたいな乳製品とかも有名です」

スキールは知っている。濃厚なのに脂肪分が少なくて、身体に良さそうなので、見つけたらときどき買っている。

「聞いた感じ、シンプルな料理が多いみたいだね」

瑛子のことばに円は頷いた。

「そうですね。手の込んだ料理を作るというより、シンプルな料理を丁寧に作っている気がしました」

人口も少ないし、他の土地からも離れているから、どうしてもそうなるのかもしれない。

ふいに思いついて尋ねた。

「スイーツはどんなのがあった?」

円は首を傾げた。

「そうですね……ドーナツとか、アイスランド式のブラウニーとか……」

やはり、シンプルなものが主流らしい。

「でも、水と乳製品がおいしいから、ドーナツもケーキもとてもおいしかったです。絶対にまた行きたいと思いました」

食べ物がおいしいなら、ぜひ、いつか行ってみたい。

「でも、日本人にとっては、あまりメジャーな旅行先じゃないよねえ」

「ちょっと遠いのと、あとヨーロッパの人なんかは、温泉と海産物を楽しみに行くらしいですよ」

なるほど、温泉と海産物ならば日本にもある。

「でも、巨大な滝や、氷河なども見られたし、自然が雄大でとてもよかったです」

氷河はさすがに日本では見られないだろう。流氷なら北海道で見られるかもしれないが。

ドアが開いて新しい客が入ってくる。いつの間にか長居してしまった。

「ありがとう。ごちそうさまでした。じゃあわたし帰るね」

代金を置いて椅子から立ち上がると、円は「またきてくださいね」と小さな声で言った。

店を出るとき、窓際の席に目をやると、まだストライプシャツを着た男性は座って円を眺めていた。

先ほどのことを思い出して、少し嫌な気持ちになった。

帰ってから、アイスランドについて少し検索してみた。氷に閉ざされたような土地を想像していたが、冬でも平均気温はマイナス2度くらいと、そこまで寒くない。フィンランドがマイナス20度、中国の哈爾浜がマイナス30度くらいまで下がることを思うと、温暖な方だと言えるかもしれない。

男女のジェンダーギャップが世界一小さい国だということも、はじめて知った。北欧は比較的男女平等が進んでいる印象があったが、アイスランドがいちばんなのは、なにか理由があるのだろうか。

ジェンダー平等が進んでいるとは言えない日本にいると、それだけでうらやましく感じてしまう。

検索で出てきた航空券の値段は、簡単に手が出るものではなかったが、それでも一生に一度くらいは行けるかもしれない。

アイスランドについて書かれた本をオンライン書店で注文し、旅行雑誌のバックナンバーも取り寄せてみる。

実際に行くかどうかは、まだ決めていないが、それでも草原の写真を見たいと思った。

十日ほど後の小雨降る日のことだった。

食器洗い洗剤を切らしてしまったので、傘を差して、買い物に行き、その帰りにカフェ・ルーズに足を向けた。

駅から少し離れているせいもあり、雨の日はいつも空いている。瑛子もわざわざ雨の日に出かけようとは思わないが、どうせ出かけてしまったのだから、遅めの昼食を食べて帰ってもいい。

子供のとき、雨の日に出かけたくないと言うと、同居していた母方の祖母はいつもこう言った。

「張り子の虎じゃあるまいし」

小学生の時は、張り子がなにかわからなかった。ハリコノトラとはいったいなんだろうと思っていただけだ。それがなにか知ったのは、祖母が亡くなってからのことだ。

なるほど、うまいことを言うものだ。

紙でできた張り子の虎なら、雨に濡れたら溶けてしまうが、人間は溶けない。雨だからと怠けずに出て行けということなのだろう。

今日の瑛子は大きな傘を差し、レインシューズも履いている。多少は濡れてもどうってことない。

カフェ・ルーズの階段を上って、ドアに手をかける。ガラス張りのドアから中が見えて、おや、と思う。

テーブル席には誰もいない。雨の日だからやはり空いている。

だが、カウンターには、大柄な背中の人物が座っている。白髪交じりの頭とストライプのシャツ。

ときどき見かける男性ではないだろうか。先日カマンベールチーズについて話していた人だ。

瑛子はドアを開けた。こちらを向いた円の顔が、あきらかにほっとしたように見えた。

男性がいるから、カウンターには座りたくない。

瑛子はいちばん隅のテーブル席に座った。円がメニューと水のグラスを持ってくる。

「奈良さん、よかった。いつもきてくださってありがとうございます。ゆっくりしていってください ね」

彼女の目がなにかを訴えているような気がする。どうかしたのか、と、尋ねようと思ったが、彼女はメニューを置いて、すぐに厨房に戻っていった。

瑛子はカウンターに座るストライプシャツの背中を見つめた。テーブル席が空いているのに、距離の近いカウンターに座る男性がいて、他に客がいないのなら、円が不安を感じても不思議はない。

そう勝手に考えてしまうのは、これまでの経験からの偏見もある。あの男性はおいしいものにくわしいようだったし、あの後仲良くなって、円の方からカウンターに案内した可能性だってあるのに。

だが、瑛子は今、気づいてしまった。

若い女性がひとりで、カフェでの接客をするということは、もしかしたら危険と隣り合わせなのかもしれないと。

あの男性は、まともな人かもしれないが、他に円に恋心を抱いたり、執着や恨みを覚えて、彼女につきまとう人もいるかもしれない。加害者が男性だけとも限らない。女性同士でもちょっとしたやりとりで恨みや執着は発生する。

そうなってしまえば、円は簡単に逃げることはできない。

他の接客業でも、そういうやっかいな客はいるかもしれないが、雇われている立場ならば、辞めて別の職場に移ることはさほど難しくない。

このカフェは、円が彼女の祖母から相続した土地で経営している。ここを閉めて、別のところで新しくカフェをはじめるとなると大変だ。

しかも、それで、二度とつきまといを受けないとは限らないのだ。店のコンセプト自体が独特だから、別の場所で営業をはじめても見つかるかもしれない。

男性が被害を受けないというわけではないはずだが、それでも暴力を受ける確率は低いだろう。以前、路上で音楽をやっていた女性が殺された事件を思い出し、思い出してしまったことにぞっとする。

オーダーを取りにきた円に、こっそり携帯電話の画面を見せた。

「なにか心配なことがあったら知らせてね」

なにを言っているのかときょとんとされるかもしれないと思ったが、円は強ばっていた顔を和らげて、頷いた。

だが、それについてはなにも言わない。やはり、カウンターの男性を気にしているのだろうか。

「なになさいますか。ひさしぶりにアルムドゥドラー入ってますよ」

パンデミックのせいで船便が滞り、輸入の頻度が減っていたオーストリアの炭酸飲料だ。

「あ、ぜひ！　じゃあそれとバインミーお願いします」

「アルムドゥドラー、いつもみたいにレモン添えますか？」

「お願いします」

普段はなにも言わずに、レモンの小皿が添えてある。わざわざ口に出したのは、瑛子がここの常連で、親しいことを、ストライプのシャツの男性にそれとなく知らせるためだろうか。

男性だったり、あまりそういう経験をしたことのない女性からみると、「考えすぎ」だと思うかもしれない。だが、一度、もしくは複数回、つきまとわれたり、誤解されて嫌な思いをしたことがあると、考えずにはいられない。

最終的に被害を避けられても、相手がこちらとの間にある境界線を踏み越えてきたり、こちらの意思や感情を無視するような態度を見せるだけでも、世界は大きく揺らいでしまう。

加害されることを知らない人にとっては小さなことが、危険の前触れにもなるし、こちらを平静ではいられなくする。

誰かの感情を無視していい、境界線を尊重しなくてかまわないという人が、どこまでこちらを踏みつけるのかは、侵襲される側からはわからないのだ。

「少し性的なことを言っただけで大げさな反応をされた」などというケースもそうだろう。言われた側の信頼感は、すでに壊れてしまっているのだ。

しばらく厨房にいた円が、バインミーとアルムドゥドラーを運んできて、テーブルに置く。

それからポケットから携帯電話を取りだし、画面を瑛子に見せた。

「あの人、もう二時間もいるんです」

心の中で唸ってしまう。もちろん、空いているカフェで二時間粘ること自体は、そこまで悪いことだとは思わない。だがカウンターに座り、本を読むでもなく、ずっと円の方を見ている。

見られている側からすると、二時間は長すぎる。

瑛子は自分の携帯電話を見せた。

「じゃあ、あの人が帰るまで、わたしもここにいるね」

テレワークだから、仕事は夕方以降に取り戻せばいい。

円は画面を見て、ぱっと笑った。

アイスランドのことを話したかったが、あまりそんな話ができる雰囲気ではない。

円も早々に厨房に戻っていった。

あのあと、アイスランドの本や雑誌を何冊か読んだ。草原は美しいというよりも、地球がそのまま剥き出しになっているようだった。そこに羊や、サラブレッドよりもどっしりした馬がいる。

高い木がほとんど生えていないのも、日本の景色と違うところだ。

もともとあった木は、最初に入植した人々が、家を建てたりするために採り尽くしてしまい、環境が厳しいから、なかなか育たないのだと、本には書いてあった。

バインミーを食べ終えた後、円が空いた皿を下げにきた。

「クレイナというアイスランドのドーナツを作ってみたんです。お腹に余裕があれば、コーヒーと一緒にいかがですか？」

「わあ、ぜひ！　あ、でもあまり大きいと食べきれないかも……」

「大丈夫です。小さいです」

すぐに白いプレートにのったドーナツとコーヒーが運ばれてくる。湯気が上がって揚げたてのように見えるから、瑛子がきてから揚げたのかもしれない。

日本人がドーナツと聞いて想像するような形ではない。両端が尖っていて、真ん中に切れ目はあるのだが、そこを通すように捻ってある。両端が円錐形になった手綱こんにゃくみたいな形をしている。それがプレートの上に三つ並んでいる。

「どうぞ、クレイナ……おっと、複数形だとクレイヌルです。メニューに載せるなら、どちらの名前にするか決めないと」

そういえば、パニーニやピロシキも複数形だと、円から以前聞いた。日本語だと単数でも複数でも、名前自体が変わることはない。

「多かったら帰りにお包みしますね。冷めてもおいしいです」

三つは多いと思っていたから、助かる。

手でつまんで、ひとつ食べてみる。ドーナツと言えばドーナツだ。甘さは少し控えめで、フィリングもなにも入っていない。

シナモンと、そして別のスパイスの風味がした。少し考えて気が付く。カルダモンだ。

カフェ・ルーズで何度かカルダモン風味のチャイや、お菓子を食べたことがあるからわかったが、そうでなければあまり馴染みがあるとはいえないスパイスだ。少なくとも日本のドーナツには入っていない。

お店で買うよりも、家で作ることが多そうなお菓子。アイスランドは人口が少ない。首都のレイキャビク以外の町や村では、ケーキ屋なども少ないだろうから、こういうお菓子が主流になるのかもしれない。

きっと、世界のどこでもこんなお菓子があって、多くの人にとって、どこか懐かしくておいしく感じられるものなのだろう。それと同時に、カルダモンの風味のように、まったく違う部分もある。

感想を言おうと思ったが、円はまだ細々と働いている。普段ならカウンターで、店内の様子を見ている時間もあるが、今はカウンターにいるのが気詰まりなのだろう。

だが、彼女が一瞬、なにかを取りにカウンターに戻ったときだった。

男性の声がした。

「きみは、客と話をしないのかね。もちろん、混んでいるときは仕方がないが、空いているときは、客と楽しく会話をするのも接客のうちだよ。勉強にもなる」

円はあきらかに顔を強ばらせた。

「うちは、そういうお店ではないので」

「なにも酌をしたり、隣に座ったりしろと言うんじゃない。客の話を聞いた方がきみの学びになると思ったから言っているんだ」

彼は、胸ポケットから名刺入れを出すと、名刺を円に渡した。

「わたしは、隣町でフランス菓子の店をやっている高見《たかみ》というものだが……」

円はその名刺を受け取って言った。

「同業者の方なんですね……」

彼はあきらかにむっとしたような声で答える。

「きみよりもずいぶん経験は長いがね」

同じ店で働いているならまだしも、別の店の人間ならば経験が長かろうと関係ないはずだ。

「前にも言ったが、きみのパンデピスはなかなか悪くない。ドボシュトルタなど、手の込んだケーキを作る実力もある。きちんとフランス菓子の真髄を学んだ方がいい。みればずいぶん休みが多いじゃないか。その間でも、わたしのところに勉強にくるといい。授業料などは取らないから」

休みが多いのは、キッチンカーでの営業や、焼き菓子の通販をやっているからだ。いや、もし以前のように休みに旅に出ていても、また家でごろごろしていたって、それを他人にとやかく言われる必要はない。

「特にフランス菓子に興味はないんです。もちろん作ってみたいものがあれば、作ってみますけど」

「向上心がないのは、職人として致命的だよ。やはり、文化が豊かなところには、素晴らしい食文化が育っている。フランス菓子だけではなく、オーストリアでも修業をしたことがあるから、そちらの方も教えられる。いつまで、こんな、お母さんのおやつみたいなものを作っているつもりだね」

そう言って、彼が指さしたのは、皿に盛り上げられたクレイナだ。

円は、にっこりと笑った。

「これがなにかご存じですか？」

「ドーナツだろう」

「クレイナというアイスランドのドーナツです。ひとつご試食されますか？」

円が差し出した皿から、高見はひとつ取り上げて、囓った。

「ただのドーナツじゃないか。くだらない」

「そうですね。でも、わたし、こういうお菓子を馬鹿にする人から教わることはなにもないと思っています」

彼が絶句するのがわかった。まさか円がそんな反応をするとは思わなかったのだろう。

立派な経歴のある職人で、自分の店を持っているなら、持ち上げられる経験しかしてこなかったのだろう。えらそうなことを言っても、誰も反論しないと思っている。

「マンスプレイニングってご存じですか？」

「なんだそれは！」

円は彼の目を見据えて言った。

「男性が、勝手に女性が自分より無知で、自分のアドバイスを欲しがっていると考えて、説明したり、教えたりしたがることです。あなたはわたしより、経験豊富な菓子職人かもしれない。でも、わたしはあなたから教わることなどなにもありません」

フランス菓子のことは、高見の方が知っているかもしれない。だが、彼の知らないことを円は知っている。自分の知らない文化から学び、世界の広さを尊重することができる。

そして、カフェ・ルーズは円のそんな世界が、ほの見える場所なのだ。

高見はカウンターから立ち上がった。

「きみは無礼な女だ。菓子職人としても、接客業としても失格だな」

だが、最初に勝手に失礼なことを言い出したのは彼だ。円も反論する。

「お客さんなら、自分のところに勉強しにこいなんて言わないと思います」

彼は叩きつけるように千円札を置き、店から出て行った。

胸がすくような気持ちになったが、一方でどうしようもない不安も感じる。

瑛子は、雨の上がりかけた窓の外を眺めた。

これが火種にならないといいのだが。

クルフィの温度

ひさしぶりに風邪を引いた。

熱は一晩で下がったのだが、まだパンデミックは完全に収まったわけではない。病院に連絡して、ＰＣＲ検査をしてもらった。陰性の知らせが届くまでは、不安でたまらなかった。

もし陽性なら、軽症でも外に出るわけにはいかない。瑛子は一人暮らしだから、買い物に行くこともできなくなってしまう。配達してもらえるネットスーパーを利用してはいるが、すべてが揃うわけではない。

自宅療養中に、急激に容態が悪化して、亡くなった人もいると聞く。病気になってしまえば、一人暮らしは心細い。

陰性だとしても、新型コロナ感染症である可能性はゼロではない。職場に連絡すると、一週間は完全在宅勤務でいいと言われたから、しばらくは引きこもっていることにする。

コロナ禍前までは、こうではなかった。

夜に熱が出ても、翌朝下がったら出勤していた。子供の頃、医者から「体温は夕方から上がるのだから、熱が出た翌日は平熱でも休みなさい」と言われたことはある。実際、熱が下がったからと出勤して、午後からまた発熱して帰ったこともある。

だが、同僚は同じ状況でも出勤していたし、朝は熱がないと言ったら、なぜ出てこないのだと責められたこともあり、次第に気にせず出勤するようになった。

中には、熱があったり、ゴホゴホひどい咳をしていても、出勤してくる同僚もいたし、そのせいで、社内にインフルエンザが蔓延したこともあったが、身体の不調を押して働く方が、大事を取って休むよりも、社会人として正しい選択だと言われている気がした。

今考えればあまりにもおかしい。

少なくとも、今は、熱が出ていればしばらく休むのが当然だと思われているし、あまりにも咳のひどい人がいたら、帰るように言われる。

相手の身体を案じてというよりも、自分が感染させられるのが嫌だからという理由なのはわかる。だから、パンデミックが終わってしまえば、人々の感覚は容易に、元の世界に戻ってしまうだろう。

それでも、「体調が悪くても、仕事には出てくるのが当たり前」、だなんてもう考えたくはないのだ。

ゆっくり休んだせいか、風邪は長引くことなく、すぐに回復したが、しばらくはあまり外出したり、人と会う気にはなれなかった。

カフェ・ルーズのバインミーやファラフェルが食べたいなあと何度か思ったが、それこそ、病み上がりで気楽に出かけられる場所ではない。もし、瑛子が新型コロナ感染症だったりすれば、円に迷惑をかけてしまうし、単なる風邪でも同じだ。

円が高見という男性と言い争いになったことは、少し気に掛かっていた。

あの後、嫌がらせなど受けていないだろうか。なにかトラブルに巻き込まれてはいないだろうか。そうは思ったが、いくら常連といえども、客が干渉しすぎるのも、円にとっては気詰まりだろう。

つらつらそんなことを考えてしまったせいか、気が付けば最後にカフェ・ルーズを訪ねてから、三週間近く経ってしまっていた。

梅雨はあっという間に走り去ってしまい、いきなり全力の夏がやってきた。

いきなり暑くなってしまったから、身体も慣れていないし、エアコンの調子も悪い。修理を依頼したら、最短で二週間かかると言われてしまった。

たぶん、あわててエアコンを稼働させて不調に気づく人が、瑛子と同じようにたくさんいるのだろう。

さすがに少しバテてしまい、涼しい場所でゆっくり仕事をしたいと思ったとき、カフェ・ルーズが頭に浮かんだ。

もう熱が下がってから二週間経つし、行っても迷惑をかけることはないだろう。

瑛子は、鞄にノートパソコンと資料を入れて、日傘を差して、家を出た。

まだ七月なのに、ここまで暑い日が続くと、この先が憂鬱になる。ここから二ヶ月以上、猛暑が続く可能性がある。

リモートワークがほとんどだから、しばらく涼しいところで仕事をしたい気もするが、どんどん物価が上がっていく中、無駄なお金は使いたくない。

ようやく、カフェ・ルーズに辿り着き、入り口への階段を上る。ドアを開けようとして戸惑う。

カウンターの中には、円ではない、見知らぬ女性がいた。

髪が長く、後ろでひとつにまとめている。はっとするほどきれいな人だった。年齢は瑛子より少し下三十代後半くらいだろうか。新しい従業員なのか、もしかすると円になにかあったのかもしれない。

ドアを開けると、よく通る声で「いらっしゃいませ」と言われた。

空いているテーブルに腰を下ろすと、彼女がメニューと水を持ってきた。

メニューはこれまでと変わらない。世界のあちこちの、珍しいスイーツと軽食や、飲み物。わかりやすく説明も書いてある。アルムドゥドラー、ガラオン、鴛鴦茶《ユンヨンチャー》、香港式アイスレモンティー。

カフェ・ルーズがなかったら知ることもなかったかもしれないスイーツや飲み物。今はそれが瑛子にとって欠かせないものになっている。

オーダーを取りにきた女性に、モロッコ風ミントティーを注文し、ついでに尋ねる。

「今日は、葛井さんはいらっしゃらないんですか？」

女性は少し驚いた顔をしたが、すぐに笑顔になった。

「あ、今、休憩に行っています。わたしは先週からアルバイトできているんです」

体調を崩したり、怪我をしたりしたのでなくてよかった。瑛子は胸をなで下ろした。

「あと十五分くらいで帰ってくると思います」

だったら、後で会うこともできるだろう。

パソコンを出して、仕事をはじめる。後からきた客が、ファラフェルを注文しているのが聞こえる。

円が彼女にまかせて休憩に行っているのだとしたら、彼女は料理も作れるのだろう。

小さなカフェとはいえ、円にも少し余裕ができたのならいい。それに、ふたりならば、この前のように不快な出来事があっても、心強いだろう。

しばらくして、ドアが開く音がした。円が帰ってきたのだ。円はすぐに瑛子に気づいて、テーブルまでやってきた。

「いらっしゃいませ。この前はありがとうございました。ごゆっくりしてくださいね」

この前というのは、高見との言い争いのことだろう。

「あの人、あれからこないの？」

「ええ、まったく」

それはよかった。円が思うような反応をしなかったから、ここにくるのをやめたのだろう。

「新しい人を雇ったの？」

「ええ、趣味でお菓子を作られていた方で、最初は焼き菓子作りのアシスタントにきてもらってたんですけど、料理も上手だし、接客も上手いし、カフェの方も手伝ってもらうことにしました。箱崎《はこざき》さんです」

円がカウンターの方を振り返ると、自分の話をしていることに気づいたのだろう、箱崎さんはぺこりと頭を下げた。

「いい人が見つかってよかったね」

そう言うと、円は目を細めて微笑んだ。

「本当によかったです。いろいろ心細かったので……」

やはり、先日の出来事のせいだろうか。

うまく抵抗して、言いたいことを言えたとしても、なにも傷つかないわけじゃない。瑛子だって経験がある。女性だからと甘く見られたことや、接待のようなことを要求されたこともあった。リモートワーク中心になり、取引先と飲みに行くこともなくなったから、そういう機会は減ったが、社会自体そんなに簡単には変わらない。

仕事が一段落したので、カウンターに移動して、甘いものを注文することにする。

「暑くなってきたし、アイスクリームはいかがですか？　インドのアイスクリーム、クルフィを用意しました」

クルフィは、たしか前にもメニューにあったと思う。何度か食べた記憶がある。

「わたし、ここで食べたことあるような……」

瑛子のことばに、円は頷いた。

「ええ、前にも出してました。寒い時期はメニューから外してたんですけど、それからいろいろレシピも改良したんですよ。今度のは自信作です」

前に食べたクルフィも充分おいしかった気がするが、それを聞いて楽しみになる。

「じゃあ、クルフィお願いします」

「はい、少しお待ちくださいね」

円がキッチンに向かい、カウンターには瑛子と箱崎さんが取り残された。

なにか話しかけた方がいいのか、それとも無理に話さない方がいいのか、少し考える。だが、瑛子が口を開く前に、箱崎さんが話しかけてきた。

「先ほど、ノートパソコンでなにかされてましたけど、お仕事ですか？」

「ええ、そうです。今、リモートワークなので、在宅で仕事をしているんですけど、エアコンの調子が悪くて。だから涼しいところで仕事したくて、ここにきてしまいました」

箱崎さんは胸の前で手を合わせて言った。

「すごい。リモートワークなんて、有能なキャリアウーマンって感じですよね。わたしなんかただの主婦で……」

かすかに嫌な感じがした。別にすごいと言われたくて、カフェで仕事をしたわけではない。普通にオフィスでやるのと同じ仕事をしているだけだ。

箱崎さんに悪気があるわけではないのはわかる。だが、有能なキャリアウーマンなどという表現に、かすかな揶揄の気配を感じ取ってしまう。

わかっている。そのかすかな不快さは、自分の中にあるものだ。自分はそんなものではないという気持ち。それと同じくらい社会の中にあるキャリアウーマンという表現に、揶揄を嗅ぎ取ってしまう。

それに、彼女が自分を卑下したことも気に入らなかった。主婦だって、簡単な仕事ではない。

昔はそんなふうには感じなかった。瑛子自身も自分を卑下するのが、ある種のコミュニケーションになっていた。「わたしなんて」と何度言ったかわからない。だが、いつしか、卑下というのは、自分だけではなく、他人も貶めることだと気づいてしまったのだ。

「わたしなんてもう若くない」と言うことは、自分よりも年上の人を全員下げることになるし、「自分なんて美しくない」と言えば、ルッキズムに荷担することになってしまう。思うことまではやめられなくても、せめて口に出すことはやめよう。そう思ってからずいぶん経つ。

いつしか、自分だけではなく、まわりの友達や同僚もそんなことを口に出さなくなっていた。だから、箱崎さんのことばに少し驚いたのだ。

「葛井さん言ってましたよ。箱崎さんは料理も接客も上手だし、いい人にきてもらったって」

箱崎さんはひどく驚いた顔になった。

ちょうど、円が皿にのったクルフィを持ってきた。

「なんの話で盛り上がってるんですか？」

瑛子が答える。

「箱崎さんが料理が上手だって聞いたって話です」

「そうなんですよ。手際もいいし、気が利くし本当に助かってます」

箱崎さんはなぜか顔を強ばらせた。褒められることに慣れていないのだろうか。

皿の上には円錐状のクルフィがのっていて、上にピスタチオを散らしてある。

こんな暑い日だから、冷たいものはありがたい。

市販のアイスクリームのように柔らかくなく、むしろ固い。フォークで切って、口に運ぶと、濃厚なミルクとカルダモンの香りがした。

「おいしい！　こんな暑い日にはぴったりだね」

牛乳で作られていて、甘いところは、日本で食べるアイスクリームに似ているが、スパイスとナッツが効いていて、そこにインドを感じる。

だが、なにより違うのは食感だ。サクサクとしているが、アイスキャンディーほど固くはない。舌の上で冷たさが広がり、すうっと溶けていく。

たしかに、前にカフェ・ルーズで食べたクルフィよりおいしいような気がする。

「前よりおいしくなったけど……どこが変わったのかな」

前に食べたクルフィもカルダモンとピスタチオを使っていたはずだ。

円がにこにこしているところを見ると、瑛子が当てるまで、答えは教えてくれないようだ。

「なんか食感が違う……ような?」

「ほぼ、当たりです。温度が違うんです」

「温度?」

「インドは暑いから、マイナス35度で冷やすんです。うちも業務用冷凍庫はあるけど、そこまで低温にはならないから、最後に氷と塩を混ぜて冷やすことで、低温にして、インドで食べる食感に近づけました。昔ながらのアイスクリームの作り方なんです」

そういえば、理科の授業で習ったような気がする。

もう一口食べる。この冷たさが心地よい。

「でもさあ、今はインドより日本の方が暑いって聞くよね……」

「そうですね。日本のアイスクリームも、この温度で売った方がいいのかも」

なにげなく、瑛子は箱崎さんに目をやった。なぜか、彼女は険しい顔で窓の外を眺めていた。


その数日後のことだった。

ひさしぶりに取引先に行き、帰りに職場にも寄った。気を遣ったせいか、やけに甘いものが食べたくなる。頭に浮かんだのは「トルタ」のケーキだ。

「トルタ」は、駅の反対側にある小さなパティスリーだ。ケーキ屋さんと呼びたくなるような、昔ながらのショートケーキやプリンなどが人気だが、どれも一工夫あって、とてもおいしい。奇をてらった味ではなく、子供からお年寄りまで、みんなが好きなケーキを売っている。そんなお店だった。

駅の反対側におり、ついでに買い物をしようとドラッグストアに入ったときだった。

「奈良さん?」

声をかけられて振り返る。そこには箱崎さんがいた。今日は髪を結んでおらず、ハーフアップにしている。

カフェ・ルーズではエプロン姿だったが、青いワンピースを着ていて、とてもよく似合っている。

こんな美人に生まれたら、人生変わっただろうか、などとつい考える。コンプレックスだらけだが、それでも自分の容姿とつきあっていく覚悟はできている。そのはずなのに、美しい人を目にすると、少し心が揺らぐ。

きれいな人がみんななんの苦労もなく生きているわけではないことくらいわかっているのに、それでも。

容姿コンプレックスというのは、やはり人生にのしかかる重石みたいなものだな、などと思ってしまう。

「今日も、カフェ・ルーズへ?」

そう尋ねると彼女は頷いた。今日は、カフェ・ルーズは定休日だ。たぶん、通販用の焼き菓子を作るのだろう。

彼女はなにか言いたげな顔で、瑛子の横に並ぶ。天気の話でもしようかと考えているうち、箱崎さんが口を開いた。

「奈良さんって、葛井さんの古いお友達なんですよね」

古い友達と言えるかどうかはわからない。しばらく一緒に働いていただけだ。でも、円がそう瑛子のことを表現してくれたのなら、とてもうれしいと思う。

「そうですね」

彼女は続けてこう言った。

「どうして、葛井さんって、あんなに自信があるんでしょうか」

「自信……？」

言われたことの意味があまりよくわからなかった。

「特にそんなこと感じたことないです。普通じゃないですか？」

円が特に、自己評価が高いとか、自慢げだなんて感じたことはない。彼女はいつも自然体だ。

「でも、お菓子を焼くときに、よく『おいしくできた！』とか言っているし、お客さんにも『おいしいんですよ』とかおすすめしているし……。もちろん、おいしいと思います。でも、世の中にはもっとおいしいものがたくさんあるのに、どうして自信を持ってそう言えるんだろうって思ってしまいます」

たしかに円は、いつも「これ、おいしいですよ」と薦めてくれる。

「お客さんに出すからには、自信を持っておいしいと思えるのは、大事なことだと思いますよ」

そうでなければ、ひとりでカフェをやっていくことなどできない。それに、円が何度も試作を重ねていることは、瑛子も知っている。

だが、箱崎さんは寂しげに笑った。

「ああ、奈良さんも自分を卑下したりしないタイプの人ですもんね」

またかすかな揶揄を感じた。瑛子は眉を寄せた。

「どういうことですか？」

「このあいだ、わたしが有能なキャリアウーマンって感じですよねって言ったときも、特に否定しなかったし。ああ、この人は自信があるんだって思いました」

少し笑ってしまった。

ああ、この人は謙遜されることを想定して、褒めことばを発する人だ。だとすれば、少しはっきりものを言ってもいい。

「別に褒められたとは思わなかったです。パソコンで仕事してたらそういうイメージですねってことでしょ。別にわたしがやった仕事を見て、すごいって言われたわけではないんで」

そう言うと、箱崎さんは驚いた顔になった。

瑛子もまったく経験がないわけではない。上っ面だけ、こちらを褒めてくるタイプの友達もいた。つきあいのように、こっちも相手を褒めたり、謙遜したりしているうちに、ひどく疲れてしまった。

ただ、空手形を切るように、コミュニケーションのためだけに思ってもいないことを言い続けることにうんざりしてしまったのだ。

謙遜したりせず、適当に受け流すようにしたとたん、その友達からの連絡はこなくなった。たぶん、傲慢な人間だと思われたのだろう。別にそう思われたってかまわない。

箱崎さんはしばらく考え込んでいた。

「すみません。わたしが今言ったこと、葛井さんには言わないでおいていただけます？」

「言いませんよ。そんな告げ口みたいなこと」

彼女はぎこちない笑みを浮かべた。

「じゃあ、わたし、そろそろ行かなきゃならないんで……」

箱崎さんは早足でドラッグストアを出て行った。瑛子はしばらく彼女を見送った。

悪い人だとは思わない。だが、とても生きづらそうだと思った。

なにが彼女をそんなに卑屈にさせているのだろう。


箱崎さんには言いそびれてしまったが、円が自分の作ったスイーツや料理について語るとき、胸を張っておいしいと言う理由は知っている。

彼女はいろんな場所に旅に出て、その旅先でおいしいものを見つけて帰ってきた。

人から教えてもらったものも、自分でレシピを探したものも、努力して再現したものもあると言っていた。

彼女の作るものは、彼女がゼロから作り上げたものではない。その土地で長いこと愛されて、多くの人たちの手によって伝えられたものなのだ。

彼女は決して、それを軽く扱ったりはしない。試作を重ね、納得のいくものを作ろうとしている。クルフィの温度だって、多くの日本人にはわからないし、冷凍庫から出して、そのままサーブする方が楽に決まっている。

それでも、彼女は、その土地で作られている料理やお菓子に敬意を払っている。

だから、彼女は言うのだ。おいしいですよ、と。


トルタにやってくると、ちょうどパティシエールの美旗《みはた》さんが店頭に出ていた。このパティスリーは、美旗さんと、販売担当の楠木《くすのき》さんのふたりで営業している。瑛子もよく顔を出すから、すっかり仲良くなってしまった。

「今日は桃のショートケーキがとてもおいしいですよ」

見れば生クリームのケーキの上に、コンポートにした白桃がのっている。絶対おいしいはずだ。

「じゃあ、桃のショートケーキと、プリンください」

目新しいメニューが揃っているカフェ・ルーズとは正反対の店だが、美旗さんと円はとても仲がよく、一緒にメニューの研究などもしているらしい。

美旗さんは急に瑛子の顔をのぞき込んだ。

「奈良さん、さきほど買い物から帰ってきたとき、外でお見かけしたんですけど、一緒にいらっしゃったのって、箱崎さんでは？」

「ええ、そうです。偶然会って、ちょっとおしゃべりを」

「お知り合いだったんですね。懐かしいなあ……声をかけようかと思ったんですけど、急いで店に戻らなくちゃならなかったんで……」

懐かしいということばを聞いて、不思議に思う。カフェ・ルーズで働いているから、知っているのではないのだろうか。

「古いお知り合いなんですか？」

そう尋ねると、美旗さんは頷いた。

「製菓学校に行っていたときのクラスメイトです。お姉さんと一緒に店をやると言っていたけど、どうしたんだろう」

「ケーキ屋さん？」

「ええ、四年くらい前かなあ。今は、違うんですか？」

「箱崎さん、今はカフェ・ルーズでアルバイトされていますよ」

「ええっ！」

今度は美旗さんが驚いている。

製菓学校を卒業して、姉と一緒にでもケーキ屋をやっていたなら、立派な菓子職人だ。なのに、彼女は自分のことを「ただの主婦」と言った。「今は主婦をやっている」というだけの意味には聞こえなかった。まるで菓子職人だった経歴を隠したがっているようだ。

美旗さんはスマートフォンでなにかを検索している。

「彼女のパティスリー、三年前に閉店してますね」

つまり一年ほどで店を閉めたということだ。多くの飲食店は一年以上続かない。前にそう聞いたことがあり、同じことを円がカフェをやりたいと言ったときに、口に出してしまったことがある。

美旗さんが見せてくれた画面には、グルメサイトの記事が載っている。「フランス菓子スリジエ」という店名の横に、閉店という文字がある。

「箱崎さん、自分のことを主婦だとおっしゃってましたよ」

瑛子が言うと、美旗さんは意外そうな顔をした。

「えっ、じゃあ結婚されたんですね」

つまり、美旗さんが知っている箱崎さんはまだ独身だったというわけか。

「製菓学校にいたときは、まだ独り身だったはずです」

結婚するから店を閉めたのか。店を閉めることになって、婚活して結婚したのかはわからない。

不思議なのは、なぜ、菓子職人の経歴を黙っていたかということだ。

他のお客さんが入ってくる。小さな店だから、長居していると迷惑をかけてしまう。

「じゃあ、わたし行きます。またきますね」

「ええ、またきてくださいね」

美旗さんは笑顔だったが、瑛子の心は晴れなかった。

箱崎さんが抱えている鬱屈はいったい何なのだろう。

翌週の木曜日、瑛子はカフェ・ルーズに向かった。

また感染者は増え始めている。しばらく行けなくなるかもしれない。その前にカフェ・ルーズのスイーツを食べたかったたし、それにずっと箱崎さんのことも気に掛かっていた。

彼女が菓子職人だった経歴を隠す理由がわからない。隠したことでメリットなどないし、むしろ焼き菓子作りのアシスタントにはプラスになるキャリアなのではないだろうか。

カフェ・ルーズに近づいたとき、ふと違和感を覚えて足を止めた。

開店時には上げているブラインドが下りている。時計を見ると、十一時半。普段ならもうオープンしている時間だ。

瑛子は入り口のドアにつながる階段を上がった。ガラスのドアの前に張り紙がしてある。

「急用につき、今日は閉店させていただきます」

そういうこともないとは言えない。今は箱崎さんにきてもらっているといっても、基本は円ひとりでやっている店だ。

なにげなく、ブラインドの隙間から中を覗いて、瑛子は息を呑んだ。

店内は普段とまるで違っていた。椅子やテーブルが倒れ、メニューやランチョンマットが散乱している。なにがあったのだろうか。

奥から円が出てくる。瑛子には気づかず、床を拭いている。もしかしたら、これでもかなり片付けが済んだ後なのだろうか。

円が顔を上げた。瑛子に気づいて、ドアを開ける。

「奈良さん……」

どこか泣きそうな顔をしている。

「どうかしたの？」

「わからないです。昨日の夜、出かけて帰ってきたら、店が荒らされていて……」

「泥棒？」

「でも、店内にはお金は置いてなかったんです。週の前半はカフェ営業してないし、土曜日の夜に売り上げはまとめて、夜間金庫に入れています。盗られるようなものはなにも……」

「葛井さんのプライベートスペースは？」

前は住居は別だったが、今は奥の部屋で寝起きしていると聞いていた。

「そちらは、別に鍵をつけているんです。そこまでは侵入されませんでした」

「他になにか盗まれたものとかは？」

「貴重品などは大丈夫です。でも、他に盗まれたものがあるかどうかはまだ……。昨夜警察にもきてもらったんですけど」

たしかに、店の中のものすべてが、泥棒に入られる前と同じかどうかなんて、簡単に言えることではない。

円がぽつりと言った。

「でも、なんか変なんです」

「変？」

「テーブルや椅子は倒されてて、床にはジュースなどもこぼされていたのに、ガラスの食器や電化製品は壊されていない。ドアや窓の鍵も壊されていない。どこから侵入したのかもわからない。

警察はわたしが施錠を忘れたのだろうと言っていたけど、そんなことはないと思います。今まで鍵を締めるのを忘れたことなんかなかった」

なにも壊れていないのに、椅子やテーブルが倒れていて、飲み物がこぼれている。まるで見かけだけ派手に荒らしたみたいだ。

泥棒なら、そんなことはしない。家捜しするために荒らすならまだしも、泥棒に入られたことに気づかれない方が都合がいいはずだ。

鍵が壊されていないのに、侵入されているのも気に掛かる。

濡れ衣を着せるようで気が重いが、思い切って聞いてみた。

「箱崎さんは？」

「それが昨日から電話をかけているんですけど、連絡が取れなくて……」

「今日、店にくるはずだった？」

「その予定です。これまで無断で休んだことなんかなかったのに」

椅子やテーブルの片付けを手伝いながら、瑛子は尋ねた。

「ねえ、箱崎さんが菓子職人で、お姉さんと自分たちの店をやっていたって、葛井さんは知っていた？」

円はきょとんとした顔になった。

「知らないです」

「美旗さんが、製菓学校で一緒だったって言ってた」

「そうなんですね。どうして黙っていたんだろう」

嫌な予感がする。彼女なら、鍵を盗むこともできたのではないだろうか。番号さえ盗み見れば合い鍵を作ることもできる。

円ははっとしたような顔になった。

キッチンに走っていく。しばらくして戻ってきた彼女は、顔を強ばらせていた。

「レシピがないです。このカフェのメニューを全部記入して、ひとつにまとめてあるファイルが盗まれています」

瑛子はなんと言っていいのかわからなかった。決めつけるべきではない。

だが、箱崎さんが菓子職人なら、レシピを盗む理由もないとは言えないのだ。

酸梅湯の世界

七月のはじめはまだ少なかった新型コロナの感染者が、急激に増え始めたのは、七月の中程だった。この二年半、同じことばかり繰り返しているような気がしてならない。

ただ、前はどこか遠かったその不安が、今はすぐ隣にいるのを感じる。職場でも友人たちの間でも何人もが感染している。別に大したことなかったという人もいれば、もう二度とかかりたくないという人もいる。

大都市では一万以上の人が毎日感染している。救急車の音がよく耳に入るようになり、たとえ、怪我をしても搬送先を見つけるのは難しいと言われているのに、一方で社会は当たり前のように回っていく。

瑛子の職場はテレワークができるが、取引先に行かなければならないことも増えたし、なにも気にならないかのように、打ち合わせの後、飲みに誘ってくる人もいる。さすがに今はまだ、そんな気になれない。

交わることのない世界が、ふたつ存在しているみたいだ。そんなふうに瑛子は思う。

瑛子にとっては感染症が猛威を振るい、自分もいつかかるかわからない世界の方が現実的に感じられてならない。先月、体調を崩してしまったせいもあるのだろう。暑さに疲れたせいもあって、自分が健康で潑剌《はつらつ》としていると感じることはあまりできない。

それとも、これはただ憂鬱になっているだけなのだろうか。

わかっている。気持ちが塞ぐ理由はもうひとつある。

カフェ・ルーズがまた休業してしまったのだ。


しばらく休業します。


そう書かれた張り紙は、店の前を通るたびに目に入る。

円がそう決心した理由はわかる。合い鍵を盗まれて、店を荒らされてしまったからには、ひとりで店にいるのも不安だろう。おまけに今、円はカフェの奥で生活している。たとえ鍵を換えても、安心できるとは思えない。

環境を変えて、気持ちを落ち着けるのは得策だ。

だが、以前円は、休業してから客が減って、ようやく最近になって戻ってきてくれたと話していたのだ。

休んでいた店から足が遠のいてしまう気持ちは、瑛子にもよくわかる。このタイミングでまた店を閉めるのは、円にはつらい選択だろう。

焼き菓子の販売も秋まで休むと、ウェブサイトに書いてあった。

カフェ・ルーズが営業していない毎日は、去年経験したから、はじめてではない。

だが、去年と大きく違うことがある。

円には違う場所があり、そして瑛子は彼女がどこにいるのか知っている。

海のそばの公園だった。

海水浴場でも観光地でもない。ただ、砂浜が近くに見えて、犬を連れた人たちが散歩をしている。夏休みだから子供連れも多い。

食材や調理器具を持ち込んでバーベキューができるコーナーもあり、家族連れで賑わっている。

行動制限は出ていないにしろ、これだけ感染者が多いと、遠くに出かけることも気が引ける。かといって、せっかくの夏休みになにもしないのも寂しい。そういう人たちが、この公園にやってきて、バーベキューをしたり、お弁当を食べたりしているのだろう。

大阪の南部にある海沿いの町だった。瑛子は夏休みを利用して、ひさしぶりの旅行にきている。

もともと、それほど頻繁に旅に出かける方ではなく、どちらかというと出不精な方だ。旅が嫌いなわけではもちろんない。行くと楽しいのだが、出かけるまでに時間がかかるタイプなのだろう。コロナ禍以前も、たまに友達と温泉に行くくらいだったが、パンデミック以降はほとんどこにも出かけていない。

今回の旅にも不安がなかったわけではない。それでも、新幹線はグリーン車を使い、空いていそうな時間を選んで乗った。マスクはきちんと装着し、食事も空いている店でしか取っていない。できる限り感染には気をつけている。

大きな目的があるわけではない。見たい美術展を見て、そして会いたい人に会う、二泊三日の旅。ホテルもビジネスホテルだし、温泉もない。

それでも、家を離れて、ひとりでどこか遠いところに出かけるというだけで、こんなに自由な気持ちになるのはどうしてなのだろう。

新大阪に到着して、大阪駅のホテルに荷物を置き、そのまま瑛子はこの大阪南部のベッドタウンにやってきた。

日傘を差しても、日差しは焼け付くようだ。夕方になって少しやわらいではきているが、それでも少し歩くだけで汗が噴き出す。

円のキッチンカーは駐車場にあった。

以前はアイボリーの車体だったが、今は青空のようなブルーに塗り替えられている。キッチンカーの前には、看板が置かれていた。

「中国古来の夏バテ対策ドリンク、酸梅湯《さんめいたん》はいかがですか？」

客は四人ほど並んでいる。キッチンカーのまわりにはテーブルと椅子がいくつか置かれているが、今は満席だ。

なかなか繁盛しているようだ。

多くの人は、透明な使い捨てコップに入った飲み物を買っている。赤紫色が鮮やかで美しい。果物と花の香りに、なにかを燻製したような香りが混じっていた。

これが、酸梅湯なのだろうか。

列の最後尾に並んで、置かれているメニューを見る。酸梅湯の他は、阿里山烏龍茶のミルクティーや香港式レモンティー、ミントソーダやざくろのソーダ。料理はフライドポテトやタコライスやケバブ、カレーなど、海を見ながら食べたくなるようなメニューが並んでいる。クルフィなどのアイスクリームもある。

メニューを読んでいるだけでもどこか遠くに行ったような気持ちになる。カフェでもキッチンカーでもそこは変わらない。

瑛子の番がやってくる。接客していた円が驚いた顔になる。

「酸梅湯ひとつください」

瑛子は笑顔でそう言った。

海辺のベンチに腰を下ろし、冷たい酸梅湯を一口飲む。

梅が原料であることは、名前からわかるし、甘酸っぱい香りはたしかに梅のものだ。だが、他にも複雑な香りがする。

不思議なことに、水やお茶を飲むよりも喉の渇きが癒え、身体から熱が引いていくような気がする。

甘いが、くどいほど甘いわけでもない。ソーダなどで割ってもおいしそうだ。

ごくごくと飲み干してしまいたいが、しょっちゅう飲めるようなものではない。もったいなくて、味わうように飲む。

「奈良さん、隣いいですか?」

振り返ると、円がいた。彼女の手にも酸梅湯の入った使い捨てコップがある。

「どうしたんですか?　びっくりしました」

そう言いながら、彼女は瑛子の隣に座る。

「キッチンカーは大丈夫なの？」

「午後五時までなんです。あと少しだから、ヒョンジュにまかせてきちゃいました」

キッチンカーで円と一緒に働いていたのは、円の元ルームメイトのヒョンジュだ。大学院生だと聞いたが、今は夏休みだからアルバイトでもしているのだろうか。

「大阪になにか用があったんですか？」

そう聞かれたから、瑛子は答える。

「ひさしぶりに旅に出たくなって……、見たい展覧会もあったし」

円は微笑んだ。

「いいですよね。ひとり旅。解放感があって、少し心細くて、寂しくて」

寂しいこと、心細いことがいいことだと言われても、以前の瑛子ならよくわからなかっただろう。今ならわかる。知らない町で、寄る辺ない気持ちになって、ひとりで過ごすことも旅の喜びのひとつだ。

その寂しさがあるからこそ、こうやって友達と会ったとき、その存在が心に響く。暑い中を歩いてきた後の、酸梅湯のように。

円のキッチンカーがどこにいるのかは、カフェ・ルーズのウェブサイトを見れば書いてあった。酸梅湯について、紹介してあった円のＳＮＳも拡散され、たくさんいいねがついていた。

瑛子は酸梅湯のコップを円に見せた。

「これ、おいしいね」

「でしょう。リピーターも多いんですよ。暑いときにぴったりですよね」

「入っているのは、梅？」

「烏梅《うばい》という燻製された梅なんです。漢方として使われたりもします。他にも、山査子、ハイビスカス、桑の実、陳皮、甘草、キンモクセイなんかが入っています。どれも、漢方薬の材料になるほど、身体にいい原料なんですよ。中国や台湾の街角では、夏によく売られています」

なるほど、そんなにいいものが入っているなら、夏バテ対策ドリンクと言われるのも頷ける。

「これ、カフェ・ルーズでも飲みたいなあ」

瑛子がそう言うと、円は笑った。

「そうですね。カフェ・ルーズで出そうかなと思って、試作を重ねたんですけど、でも、やはり路上で売りたいなと思ったんです。冷房の効いている場所で出すよりも、汗を流して歩いている人に、ぐっと飲んで欲しかったから。もちろん、カフェで出さないわけじゃないんですけど」

中国では路上で売っていると言うから、それが酸梅湯のいちばんおいしい飲み方なのかもしれない。

不思議と汗が引いて、爽やかな気持ちになる。海から吹く風が心地いい。

酸梅湯を一口飲んで、円は口を開いた。

「奈良さん、カフェ・ルーズのネットの口コミって見たことありますか？」

「えっ、最近はないけど……」

前に見たことがあるが、そのときは高評価ばかりだった。

「先月くらいから、やたらに悪い評価をつける口コミが増えたんです。今も増え続けてます。おかしいですよね。しばらくカフェを開けていないのに……」

インターネットでは、カフェにきたことがなくても、評価をつけることができる。嫌がらせなどもあるはずだ。

「うちは万人向けのカフェじゃないから、そんなに高評価が集まるわけではないことはわかってます。でも、ああいうのって、なんて言うんだろう」

円は少し口ごもった。

「わたしを懲らしめるためにやってるんだなあと思って」

「懲らしめる?」

「そう。いい気になっている。なにか今の立場にふさわしくない。わたしが傷ついて、今の立場を失えばいい。そう思ってやっているんだろうな」

ふいに、箱崎さんが言ったことばを思い出した。

(どうして、葛井さんって、あんなに自信があるんでしょうか)

円が最初から自信にあふれていたわけではないことを、瑛子は知っている。彼女は傷だらけになりながら、自分の大事なものを獲得してきた人だ。その道のりがあるからこそ、安易に自分を卑下したりはしないだけだ。

「レシピが盗まれたことも、そりゃあショックだけど、別にたいしたことじゃない。わたしのレシピはみんなオリジナルというわけじゃないですし、何度も作っているものはだいたい覚えています。もし、盗んだ人が、同じコンセプトでカフェをやったって、うまくはいかないと思います」

過去に一度、カフェ・ルーズのコンセプトをそっくり真似たカフェが近くに出店したことがある。だが、長くは続かなかった。

円のように新しいメニューをどんどん取り入れることもできないし、世界の珍しいスイーツや飲み物に関する逸話を話せるわけでもない。模倣は模倣でしかない。

「でも、盗んだ人は、そうすればわたしがショックを受けると思ったから盗んだ」

そこにあるのは悪意だ。カフェを荒らして、レシピを盗み、円のやる気を削ごうとしている。

「そういうのに負けたくないいんですけど、どっかもうめんどくさいなという思いもあって、東京を離れたくなったのかもしれません」

円は、海を眺めながらそうつぶやいた。

瑛子はなにも言わず、彼女が語るのを聞いている。簡単にわかるとは言えないし、どうすればいいかなんて、アドバイスできる立場ではない。

円は瑛子の方を向いた。

「旅は、いろんなものを棚上げにできるから好きなんです」

「棚上げ?」

「そう。めんどくさいことも、考えたくないことも、いったん棚上げにして、どこかに逃げ出す。旅先であった、嫌なことはその場に置いて帰ってしまう」

闘うか、逃げ出すかなんて、今決める必要はないのかもしれない。とりあえず棚上げして、どこか遠いところに行く。そうして、心が回復してから、あらためてそれに向き合えばいいのかもしれない。

円はポケットから携帯電話を出して眺めた。

「奈良さん、今夜、予定はありますか?」

「今夜は特にないよ。どこかでおいしいもの買って、ホテルで食べようかな、と」

「もしよろしかったら、わたしにつきあってくれませんか? 今夜、人と会うんです」

「え、でも、どうして?」

円は真剣な顔で瑛子を見た。

「その人、以前、わたしに勉強しにくるように言ったパティシエ……高見さんを知っている人なんです」


大阪市内のホテルのラウンジに、その女性はいた。

二十代後半か、三十代になったばかりだろうか。マスクをしていても、垢抜けているのがよくわかる。

円は瑛子をその女性——石川《いしかわ》さん——に紹介した後、頭を下げた。

「こんな時期に会ってくださってありがとうございます」

ただでさえ、感染者は増え続けている。知らない人に会うのも気が重いだろう。

彼女は首を横に振った。

「高見さんの話だったら出てこないわけにはいかないです。これ以上被害者を増やしたくないですし」

被害者とはなんだろう。そう思っているうちに、石川さんは話しはじめた。

「わたしが、高見さんの勉強会に行くようになったのは、三年くらい前かな？　まだ新型コロナが存在していない時期でした」

「勉強会？」

「そうです。若手パティシエールだけを集めて、高見さんがいろいろ教えてくれるという会で、最初は週一だったかな。わたし以外にも五人くらい女性がいました。当時はわたしも東京のパティスリーで働いていて、できれば独立したいなと思っていたので、誘われたのはラッキーだと思いました。高見さんは、自分の店も何軒か持っていて、有名なホテルで働いたこともあるし、製菓の専門誌などにもたまに載っている有名なパティシエでしたから」

　彼女はどこか自嘲するように笑った。

「もし、高見さんに気に入られたら、新しい支店をまかせてもらえるかもしれないという噂もありました。そういうのに、みんな搦め捕られていたんでしょうね。わたしも自分の店が持ちたかった。ちょうどそのときいた店での、人間関係も悪かったし、逃げ出したかった」

　マスクをずらして紅茶を飲んでから、石川さんは話を続けた。

「勉強会はとても厳しかったです。作ったものは『基礎がなっていない』とめちゃくちゃに貶されて、自尊心を打ち砕かれました。わたしは製菓学校に通っていたんですけど、海外に留学したことはなくて、そのことを何度も言われました。こんな出来じゃ、フランスでは通用しない、とか。でも、その中でも褒められることもあったんです。褒められるとうれしくて、他の女性たちに勝った気になれました。たぶん、他のパティシエールたちも、今の自分に自信がなかったり、もしくは、もっと上に登りたいという野心を持っている人ばかりだった。いつの間にか、わたしたちは、彼のお気に入りの座を競い合うようになっていました。その後のことを話すのは気が重いんですけど……」

円がきっぱりと言った。

「話したくないことは黙っていてください。だいたい想像がつきますから」

だが、石川さんは首を横に振った。

「ひとりのパティシエールが、いきなりやめました。わたしは彼女と仲がよくて、連絡先を交換していたから、どうしてやめたのか聞きました。そうしたら、こう言われたんです。『高見さんにホテルに連れて行かれそうになった』と。彼女は逃げ出したと言ったけど、そのときに、気づいたんです。わたしたちは彼の弟子ではなく、彼の獲物なんだ、と。みんな若くて、きれいな子が多かった理由もそれでわかった。パティシエールとしての技量の差は大きかったのに、できない人でも、褒められて、技術力の高い人でも、めちゃくちゃに言われることがあった理由も、それでわかりました。もともと、あの人は、わたしたちをきちんと育てようなんて考えてなかったんだって」

立場を利用して、夢を見せ、彼に従えば得があるように思わせる。とても対等で誠実とは言えない。夢をつかみたいがために、彼に従ってしまう人もいるはずだ。

「わたしはすぐにやめることにして、同じ勉強会のメンバーで連絡がつく人に、この話をしました。信じて、やめる人もいたけど、わたしが抜け駆けをしようとしていると思い込んだ人もいました」

石川さんは、ソファに座り直してためいきをついた。

「結局、パンデミックで、わたしの働いていたパティスリーは閉店して、わたしは故郷の大阪に帰ってくることにしました。今はここで、ひとりだけの小さな焼き菓子の店をやっています。すごく有名なわけではないけど、常連客も増えて、今は満足しています」

円は自分の携帯電話を弄って、写真を表示させた。

「この人、ご存じですか?」

画面をのぞき込んだ石川さんは頷いた。

「箱崎さんですよね。勉強会にいた人です。いちばん技術力があって、そして、高見さんのいちばんのお気に入りでした」

円の顔が険しくなる。

「以前、お姉さんとお店をやっていたと聞いたんですけど……」

「ええ、お姉さんが妊娠をきっかけに店をやめ、彼女ひとりでは続けられなかったそうです。だから、よけいに高見さんに気に入られることに力を入れているように思いました」

少しだけ、彼女の不安が見えたような気がした。

石川さんと別れた後、円は誰かにメッセージを送っていた。それから瑛子の方を向く。

「これからどうします? お好み焼きでも食べに行きますか?」

「あ、それいいね」

ずいぶん長いつきあいになるが、一緒に食事をするなんて、同じ職場で働いていたとき以来だ。

時間が遅くなったせいか、お好み焼き屋は空いていた。ラストオーダーぎりぎりに滑り込む。

メニューを見ながら、円は言った。

「大阪ではお好み焼きはひとり一枚だそうですよ。シェアはしないんです。あと、ピザみたいに放射状には切りません」

「ピザは端っこの生地だけの部分と、トッピングが乗っている部分のバランスがあるから、放射状に切るしかないけど、お好み焼きはそうじゃないもんね」

そういえば、大阪に来るなら早穂に連絡をして、おいしいお店を聞けばよかった。あまりにも突然に決めたので忘れていた。

「そういえば、イタリアでも、ピッツェリアなら、ピザはひとり一枚で。その場合は放射状には切ってませんでしたね」

円はそう言ってから首を傾げて考え込む。

「シェアしない場合は、具のバランスは考えなくてもいいからじゃない」

ぱりぱりした端っこの部分を食べるのも、トッピングがたっぷり乗った部分を食べるのも自分次第だ。

ピザもお好み焼きも、なぜかシェアするのが当たり前だと思っていたが、どちらも本場ではひとり一枚ずつ食べるというのがおもしろい。

キャベツのたっぷり入ったふわふわのお好み焼きを食べ終えた頃、円の携帯電話が小さく鳴った。手に取った円は、メッセージを読んで眉間に皺を寄せた。

「美旗さんに、箱崎さんが今、どこにいて、なにをしているか調べてもらうようにお願いしたんです」

円は顔を上げて言った。

「彼女、今は高見姓になっているそうです」


価値観はひとそれぞれで、誰を好きになり、誰を選ぶかもその人次第だ。だから、あんな男と、などとは言いたくはない。

もし、石川さんの言ったことが本当で、箱崎さんが彼のお気に入りの座から、結婚までこぎつけたのなら、それは彼女にとって幸せなことだったのだろうか。

瑛子にはどうしてもそうは思えなかった。


円がカフェ・ルーズに帰ってきたのは、お盆明けのことだった。

カフェの前の通りに、木製の看板が出されて、そこに「中国古来の夏バテ防止ドリンク、酸梅湯。テイクアウトもできます」と書かれていて、それだけでにっこりしてしまう。

いつかはまたキッチンカーで旅に出るとしても、彼女が帰るところはここなのだろう。

そして、帰ってくるためにはキッチンカーで旅に出る期間も必要なのだろう。

少しずつ、円のことが理解できたような気がする。

その日の午後、瑛子はカフェ・ルーズで遅い昼食を取って、仕事をしていた。

やはりしばらくカフェを閉めていたせいか、客はいつもより少ない。だが、円の顔にはそれを気に病んでいる様子はない。

そうなることを覚悟の上で旅に出て、帰ってきている。思えば、前からそうだった。毎月十日間休むことが、営業の上でマイナスになることはわかっているのに、彼女は旅に出た。まるでそれが自分を支える大きな柱であることを知っているかのように。

失うこと、停滞することを恐れないこと、それも強さなのだと瑛子は考える。

店の電話が鳴り、円が出る。話を聞いていた彼女の顔が少し曇った。

電話を切ると、円は瑛子のいるテーブル席までやってきた。

「これから、警察と一緒に箱崎さんがくるそうです。彼女がレシピノートを盗んだことがわかって、謝りたいからって」

「謝るって、警察が連れてくるの?」

円はどうでも良さそうに笑った。

「たぶん、女同士の内輪もめで、話し合いで解決すればいいと思っているんでしょう。金目のものが盗まれたわけじゃないし、被害届を取り下げさせればそれでいいと思っているんじゃないでしょうか」

だが、強盗や空き巣で、加害者を被害者のところに連れてきたりはしないはずだ。つまりは円の受けた被害を軽く考えている。

「そんな……ひどい」

「被害届を取り下げるのは別にいいんです。でも、取り下げて当然だと思われるのは腹が立ちますよね」

十分ほどして、警察官がふたり、箱崎さんを連れてきた。彼女の手にはレシピノートが握られていた。

箱崎さんはそれをカウンターに置いて頭を下げた。

「申しわけありませんでした。どうしても知りたいレシピがあって……」

警察官は、円に言った。

「まあ、本人も反省しているし、悪意があってしたことじゃないし、なるべく穏便にね」

円の顔が引き攣るのがわかった。箱崎さんを犯罪者にしたいわけでもないが、こんなふうに他者から許しを強要されるのも、理不尽だ。

警察官は、箱崎さんを置いて去って行った。円は少し冷たい声で言った。

「座ったら？　まだ話があるし」

箱崎さんは、カウンターの椅子に腰を下ろす。

「レシピだったら、聞いたら教えてあげたのに。いくつも教えたし、レシピノートも見ていいと言ったのに」

「少し見たくらいじゃ覚えられなかったから……」

箱崎さんが顔を背けてそう言った。

「本当にすみません。もうここにはきません」

レシピが知りたかったというのはたぶん、嘘だ。だが、彼女はなぜ、円に悪意を向けるのだろうか。

「ひとつ教えてください。箱崎さんが、うちの求人に応募してきたのは、本当にあなただけの意思?」

「どういうことですか?」

「あなたの夫から言われたんじゃないですか?」

彼女の声にあきらかに動揺が混じる。

「そ、そりゃあ夫も、わたしにいい求人を探してくれていて、そこでアドバイスをもらったことはあります。でも決めたのはわたしです」

円が高見のプライドをへし折るようなことを言い、その後、彼の妻がカフェ・ルーズの求人に応募してきたのは、本当にただの偶然だろうか。

箱崎さんが、円のことを「自信にあふれている」などと言ったのも、そこには高見から刷り込まれた先入観があったのではないだろうか。

石川さんの話を聞く限り、彼は自信のない女性の心を操ることに長けている。たぶん、長年、立場を利用して、同じことを繰り返してきた。

「自立して、なにもかもうまくいっているあなたから見ると、わたしなんて、夫に言われるがままのように見えるんでしょう。見くびらないで」

箱崎さんは声を荒らげた。

「わたしが、あなたが高見さんの妻だということを知ったのはつい最近です。最初からそんなふうに考えたわけじゃない」

ようやく気づく。箱崎さんはいつも、誰かが自分のことを見下しているように思っているのだ。だから、円が自分の仕事に誇りを持っていることにも苛立つし、瑛子が「有能なキャリアウーマンみたいだ」と言われて、否定しないことにも、腹が立つのだろう。

相手の自信は、そのまま自分が見下されることと同じだと感じてしまうから。

瑛子には、それが彼女だけの責任だとは思えない。この社会には、女性の自尊心を削るような罠がいくつもある。

傷ついてしまった自尊心を、復讐のような形で回復しようとすればするほど、深い罠に落ちていくことも知っている。

勉強会で高見のお気に入りになることは、彼女にとっての自尊心の回復につながる行為だったはずだ。その場の女性たちよりも、自分が優位に立ったと信じることができる。

だが、お気に入りになれば、パティシエールとして一歩先に進めるはずなのに、彼女は主婦になった。主婦が悪いわけではない。だが、それは彼女が本当に望んだ道ではなかったはずだ。パティシエールとして成長するために、高見の勉強会に参加していたのだから。

そして、それを受け入れさせるために、高見が彼女の自尊心を更に削っただろうことは想像がつく。

円は険しい顔のまま言った。

「ひとつ伝えておきますね。高見さんは、わたしに自分のところに勉強しにくるようにと言いました。たぶん、そうやって製菓に関わる若い女性に声をかけているんだと思います」

箱崎さんの顔からすっと血の気が引いた。

彼女は気づいているはずだ。自分もそのやり方で、彼とつきあうことになった。

「若いパティシエールを応援したいんだと思います」

箱崎さんの声は、自分を納得させようとしているように聞こえた。円は首を横に振った。

「わたしはそうは思いません。あなたもパティシエールでしたよね。ちゃんと自分の夢を応援してもらえましたか」

「わ、わたしは彼の妻になったから……」

彼女が納得しているのならそれでいい。だが、どう考えても、瑛子には今の彼女が満たされているようには思えないのだ。

まるで喉が渇いた人間が、海水を飲み干そうとしているようだ。飲めば飲むほど、喉は渇いていくのに。

円はかすかに笑った。

「わたしは自分がわからなくなったとき、旅に出るんです。自分を縛り付けてきたことばや、他人の基準から離れて、たったひとりで。そこでようやく冷静になれる。自分が本当になにをしたいのかわかる」

「それはあなたが独り身で、いつでも自由に旅に行けるから、そう思うだけのことでしょう」

「あなたの夫がそれを許さないと？」

「それが普通でしょう」

普通とはいったい何なのだろう。結婚しても自由に旅に行く人と、子供もいないのに自由には行けないと感じる人の間では、なにが違うのだろう。瑛子のまわりでは、そうではない夫婦がたくさんいるから、箱崎さんの感覚を普通だとは思わない。

だが、彼女の世界は閉じている。そこから逃れるためにはなにが必要なのだろう。

瑛子にはまだよくわからない。ただ、閉じた世界では、自分の本当に欲しいものも、自分ができることも見極められない。わかるのはそれだけだ。

箱崎さんは帰っていった。

彼女を説得できるなどとは、円も思っていないはずだ。それでも、彼女がこれ以上、深い穴に落ちないようにと祈ることはできる。

重苦しくなった空気を追い出すように、円はドアと窓を開けた。少し前まで熱風が吹き込んでいたのに、少しだけ秋の気配が漂いはじめた気がする。

円は瑛子の方を見て、笑った。

「酸梅湯、サービスしますから、飲みませんか?」

「わあ、飲みたい」

きっと来年の夏も、酸梅湯を飲みたくなるだろう。世界が広がれば、夏の暑さの中にも好きなものを探し出すことができる。

カフェ・ルーズはその手助けをしてくれる場所なのだ。

本書は「小説推理」二〇二二年一月号から二〇二二年十月号にかけて連載された同名作品を加筆、修正したものです。

近藤史恵●こんどう　ふみえ

1969年大阪府生まれ。93年、『凍える島』で第4回鮎川哲也賞を受賞し作家デビュー。2008年『サクリファイス』で第10回大藪春彦賞を受賞。「ビストロ・パ・マル」シリーズのほか、『シャルロットのアルバイト』『筆のみが知る』など著書多数。

それでも旅《たび》に出《で》るカフェ

2023年4月22日　第1刷発行

著　者―― 近藤史恵《こんどうふみえ》

発行者―― 箕浦 克史

発行所―― 株式会社双葉社

東京都新宿区東五軒町3-28　郵便番号162-8540
電話03(5261)4818〔営業部〕
03(5261)4831〔編集部〕
http://www.futabasha.co.jp
（双葉社の書籍・コミック・ムックが買えます）

DTP製版―株式会社ビーワークス

印刷所―― 大日本印刷株式会社

製本所―― 株式会社若林製本工場

カバー印刷―― 株式会社大熊整美堂

ISBN978-4-575-24619-3 C0093